TORSTEN SIEKIERKA

APFELKUCHEN MIT CHILI

ALL AGE ROMAN

Der Autor:

Torsten Siekierka erblickte im Jahr 1984 in Potsdam das Licht der Welt. Viel sah er von dieser noch nicht, kam er bisher lediglich bis zum Nachbardorf Berlin, wo er heute mit Frau und Kindern lebt.

Siekierka begann Bücher zu schreiben, weil er die Hoffnung hatte, mit diesen die Welt zu verändern. Klappte (noch) nicht, aber sie wurde schöner, weil abwechslungsreicher. Und das ist doch auch schon was.

Folgen Sie ihm auf Facebook und / oder Instagram. Dort wird er Sie regelmäßig mit neuen Informationen zu Büchern, Lesungen usw. versorgen. Wenn Ihnen das folgende Buch gefällt, freut sich der Autor natürlich über eine Rezension auf den bekannten Portalen. Danke!

TORSTEN SIEKIERKA

APFELKUCHEN MIT CHILI

ALL AGE ROMAN

Bibliografische Information der Deutschen Nationalbibliothek:

Die Deutsche Nationalbibliothek verzeichnet diese Publikation in der Deutschen Nationalbibliografie; detaillierte bibliografische Daten sind im Internet über http://dnb.dnb.de abrufbar.

Herstellung und Verlag: BoD – Books on Demand, Norderstedt

ISBN: 978-3-755-70128-6

01. Kapitel

Es krachte. Mein Oberkörper schnellte nach oben.

Was war das?

Nur langsam gewöhnten sich meine Augen an die Morgensonne, die sich genauso erbarmungslos zeigte, wie die Gestalt, die die Tür gegen die Wand meines Jugendzimmers krachen ließ.

»Aufstehen!« Es war mein Stiefvater. Herr Andreas Schuhmacher. Schnauzbartträger und, seit ich fünf Jahre alt war, der Freund meiner Mutter. Und seit ich fünf Jahre alt war, hoffte ich, dass er wieder das Weite suchte.

Es war also alles wie vor den Sommerferien. Als wären wir nie in dieses schreckliche Haus gezogen. Und je länger ich an die Zeit vor den Ferien dachte, desto größer wurde dieses mulmige Gefühl, dass mich spüren ließ, dass hier natürlich nichts wie vor den großen Ferien war. Es war ein Gefühl, als wenn ich beim Handball mit einer Augenbinde im Tor gestanden hätte. Ich wusste nur, dass auf jeden Fall was passieren wird, irgendwann wird ein Ball auf mein Tor geworfen. Nur wann und wie und wer der Werfer war, das wusste ich nicht. Vor den Sommerferien wohnten wir noch in der Stadt Norden in Ostfriesland und ich besuchte gerne die Schule. Von Ausnahmen abgesehen. Jetzt wohnten wir in Berlin und ich hatte so gar keine Ahnung, was mich erwartete. Ich saß auf der Bettkante und starrte auf meine Knie. Dann schaute ich mich um, erkannte weiße Tapete, die mich an Krankenhäuser erinnerte, und Möbel, die älter aussahen, als ich war. Immerhin hatte ich, seit dem Umzug nach Berlin, ein doppelt so großes Zimmer, als noch in Ostfriesland. Aber was nutzte das, wenn niemand da war, der mich besuchte? In Ostfriesland hatte ich auch nur ein paar Freunde, woraufhin meine Mutter einmal meinte, dass es wichtiger wäre, richtige Freunde zu haben, statt viele.

Nachdem es mir gelang, mich zu erheben, wuchs in mir der Wunsch, mich wieder unter meiner Bettdecke zu verstecken. Aber unter der Decke hätte ich ihn auch noch gehört. Einen der Gründe für unseren Umzug nach Berlin. Richtigerweise müsste es *Gründin* heißen, denn die Nervensäge hörte auf den Namen Annabell. Und Annabell war seit acht Monaten meine Halbschwester. Blind zog ich die erstbesten Klamotten aus dem Kleiderschrank und flüchtete ins Bad. Ruhe hatte ich dort auch nicht, aber die Dusche und meine Zahnbürste sorgten immerhin für etwas Lebendigkeit.

02. Kapitel

Eine halbe Stunde später stand ich vor einem Schultor, an welchem unzählige Schüler ihren Schulfrust mit Edding hinterlassen hatten. Lesbar waren nur einzelne Botschaften, aber die genügten. Ich bekam eine erste Vorstellung von dem, was mich an meiner neuen Schule erwartete.

Eine düstere Vorstellung!

Mit Beinen, die so schwer wie mein Rucksack waren, schlich ich durch das schmale Tor hindurch. Vor mir wuchs ein Koloss von einem Schulgebäude empor. Ich blieb stehen. Beeindruckt starrte ich nach oben. Die Morgensonne hinderte mich daran, den grauen Klotz bis zum letzten Stockwerk zu erkennen. Die Schüler, die nach mir durch das Tor drangen, und denen ich den Weg versperrte, waren immerhin so freundlich, mich nach vorne zu schieben, statt mich über den Haufen zu rennen.

Meine Mutter meinte mich zu trösten, als sie mir erzählte, dass die Schüler in Berlin schon mit fünf Jahren in die Schule kämen, ich wäre also der Älteste in der Klasse und alle hätten bestimmt Respekt vor mir.

Bestimmt Mama! Ich schlich weiter über den Schulhof. Die meisten Schüler, die sich in Kleingruppen auf dem Hof verteilten, waren zwei Köpfe größer als ich. Mindestens. Und was die für Klamotten trugen. Niemandem sah ich an, dass er auch in eine neunte Klasse ging. Es sei denn, die meisten von denen waren zwei- oder dreimal sitzengeblieben. Das konnte ich mir auf einem Gymnasium aber nur schwer vorstellen ... Die Schulklingel riss mich aus meinen Gedanken. Nachdem der riesige Schwall an

Schülern sich durch die Eingangstür gedrängt hatte, betrat ich den gigantischen Klotz. Wobei gigantisch untertrieben war. Dieses graue Ding war so riesig wie die Pyramiden in Ägypten. Mindestens. Alle Schüler stapften die riesigen Treppenstufen hinauf, während ich mich hilfesuchend umsah.

Im Gebäude dominierte nicht die Farbe Grau. Hier war alles hellbraun gestrichen. Und dieser Farbton erinnerte mich an die vollen Windeln meiner Halbschwester. Das war aber auch alles, was ich erkannte. Wo sollte ich hin? Wo war mein Klassenraum?

Eine Frau kam auf mich zu. Wobei sie nicht auf mich zukam, es sah eher aus, als wollte sie an mir vorbeirennen.

»Entschuldigung?« Mit einem genervten Blick blieb die Frau stehen.

War das eine Lehrerin oder ein Tuschkasten? So viel Schminke wie die im Gesicht trug, hatte meine Mutter nicht im Badezimmer stehen.

»Ich ... äh, ich suche die 9e.«

»Fünfter Stock!« Dann marschierte sie weiter. Ich hatte nicht mal die Zeit, mich zu bedanken.

Fünfter Stock. O Mann! Draußen waren schon gefühlte 30 Grad, meine Schultasche war mit Steinen gefüllt und ich malte mir aus, noch bevor ich mich auf den Weg nach oben begab, wie ich dort ankommen würde: Nassgeschwitzt und mir hing die Zunge aus dem Hals. Ich erklomm die letzte Stufe der Treppen. Weiter höher ging es nicht, und natürlich war ich durchgeschwitzt. Ich setzte den Rucksack ab, kramte meine Trinkflasche hervor und sorgte dafür, dass ich für den restlichen Schultag nichts mehr zu trinken hatte. An der Fensterscheibe der Glastür hing ein Zettel.

Auf diesen hatte jemand mit blauem Filzer gekritzelt:

9a bis 9d = Räume 520 bis 524.
9e bis 9g = Räume 511 bis 513.

Jetzt war ich schlauer. Ich begab mich auf die Suche nach Raum 511 und stand vor 539. Ich arbeitete die Zahlen rückwärts ab. 530, 520. Ich kam meinem Ziel näher. 515, 514. Eisentür. Ich schaute mich erst hilfesuchend um, dann drückte ich vorsichtig die schwere Klinke nach unten. Auf der anderen Seite der Tür hörte ich vereinzelte Stimmen, weshalb ich nun mehr Kraft einsetzte, um diese verdammte Tür zu öffnen. Es gelang mir nicht. Ich hätte mich an die Türklinke hängen können, aber auch das hätte mich meinem Ziel keinen Schritt nähergebracht. Dann lernte auch mein rechter Fuß die ganze Härte der Eisentür kennen.

»Problem?«

Ich zuckte zusammen und drehte mich um. Vor mir erkannte ich einen Jogginganzug mit Halbglatze.

»Ich ..., also ..., ich suche meine Klasse. Die 9e.«

»Neuer Schüler?«

Ich musste mich irgendwo verlaufen haben. Ich wollte doch zur Schule, aber der Mann redete mit mir, als wollte ich zur Armee. Ich nickte eingeschüchtert.

»Raum?«

Raum? Nur Raum? Man sagt uns Ostfriesen ja nach, wortkarg zu sein, aber in Berlin schienen viele Sätze nur aus einem Wort zu bestehen.

»Also ... vorne stand 511 dran.«

»511? Gebäude zwo.«

»Und wie ...?«

»Runter, raus, zweiten Eingang wieder hoch.«

Ich sackte innerlich zusammen. Aber mir blieb keine Wahl. Ich musste die fünf Stockwerke wieder runter und dann wieder hinauf. Während dieser Odyssee dachte ich an den Tuschkasten zurück. Vielleicht war es doch gut, dass ich mich nicht für diese halbe Info bedanken konnte. Natürlich schaffte ich es nicht mehr rechtzeitig in meinen neuen Klassenraum. Aber hey, ich kam aus Ostfriesland, da war das Ding mit der Zeit nicht so wichtig. Daher zitterte ich auch nicht vor Angst, sondern vor Aufregung, als ich vor meinem neuen Klassenraum stand. Schweiß rann meine Stirn herunter. Hätte ich mein T-Shirt ausgewrungen, einen Eimer hätte ich mit der Flüssigkeit bestimmt gefüllt. Ob ich mich deswegen nochmal kurz auf die Treppe setzen sollte, um mich zu beruhigen? Oder klopfte ich lieber gleich an und tat, als wenn nichts wäre? Ich atmete dreimal ein und aus, dann klopfte ich. Meine Nervosität verwechselte meinen Magen mit einem Boxsack. Ich öffnete die Tür mit zitternder Hand. Unzählige Augen drehten sich zu mir. Ich versuchte es mit einem Lächeln.

Dann fragte eine Stimme: »Suchst du was?« Der Ton klang nicht mehr nach Militär. Eher nach Kermit dem Frosch.

»Ich? Ich ... also, ich soll auch in die 9e gehen ...«

»Etwas spät, oder nicht?«, fragte der Lehrer und streckte seinen Kopf in meine Richtung. Nur seinen Kopf. Der Rest seines Körpers blieb kerzengerade.

Eine Minute später saß ich in der letzten Reihe auf dem einzigen Platz, der noch frei war. Vor mir ein Meer aus Köpfen. Und neben mir ... Wollte die mir ihre Zahnspange präsentieren, oder warum lächelte die so blöd?

»Hi, ich bin Jenny. Also eigentlich Jennifer, aber alle nennen mich Jenny. Und du?«

»Äh ..., Ben. Also eigentlich Benjamin, aber alle nennen mich Ben.«

Jenny schaute mich durch zwei Brillengläser an. Die fielen mir vor allem wegen Jennys Hautfarbe auf, die mich an Zartbitterschokolade erinnerte. Trotz der Brille erkannte ich ihre funkelnden Augen, die mich neugierig ansahen. Dann fummelte meine neue Banknachbarin an ihrem Zopf herum. Sofort schnellten ihre lockigen Haare in alle Richtungen. Gebannt beobachtete ich Jenny dabei, wie die ihre Haare kräftig mit beiden Händen durchschüttelte und anschließend wieder zusammenband. Leider bekam ich nicht mit, was in der Zwischenzeit passierte. Abgesehen davon, dass alle lachten. Außer Jenny, die eigentlich Jennifer hieß, und ich. Der Typ, der vorne an der Tafel stand, schaute zu mir. Das Meer an Köpfen tat es ihm nach.

»Dein Name«, flüsterte Jenny.

»Ich bin Ben«, posaunte ich mutig heraus.

»Und hast du auch einen Nachnamen?«

Nein! Das konnte er mir nicht antun. Bitte nicht!

Einige Schüler kicherten. Ich schaute gehemmt zu dem Lehrer, der mit auffallend großen Glubschern vor der Tafel stand.

»Dein Nachname«, flüsterte Jenny wieder.

»Ich weiß«, murmelte ich zurück. Langsam dämmerte es mir. Ich kam aus dieser Nummer nicht mehr heraus. Doch je länger ich wartete ..., es half nichts. Zum zweiten Mal machte ich mich am ersten Tag zum Löffel.

»Grützemacher«, nuschelte ich.

»Geht es vielleicht etwas deutlicher?«

»Grü-tze-ma-cher!«

Und alle, außer Jenny, prusteten los.

03. Kapitel

Erst kam ich zu spät und dann bekam ich nicht mit, dass mein Lehrer mich aufrief. Schon am ersten Tag erarbeitete ich mir so den Status des schwarzen Schafs. Was für ein Erfolg. Meine Erfolgsstory war aber noch nicht zu Ende. Auch in der dritten Stunde, in Mathe, spielte mein neuer Lehrer Frontman.

»So, ich möchte gerne erfahren, was ihr aus dem letzten Schuljahr behalten habt.« Unser Klassenlehrer, der Herr Scholz hieß, setzte ein unschuldiges Lächeln auf. Oder war es ein Gehässiges?

»Bitte alles vom Tisch, außer eure Federtasche.« Herr Scholz drückte einem Schüler die Arbeitsblätter in die Hand.

Ich war komplett geliefert. Und das am ersten Tag. Oder doch nicht? Bei dem Schüler, der die Blätter austeilen sollte, handelte es sich um eine Schülerin. Diese stand auf und dann schwebte sie durch den Klassenraum. Sie hätte die Blätter durchgeben können, aber das wäre diesem Mädchen nicht würdig gewesen. Ihre Haare waren nicht ganz blond. Und sie hatte ein traumhaft schönes Gesicht. Wie eine Fee. Und dieses Lächeln ...

Leider schaute sie mich nicht einmal an, als sie mir das Blatt hinlegte. Daran galt es also noch zu arbeiten.

Der erste Tag endete nach der fünften Stunde. Das war das einzig Gute an diesem Tag. Abgesehen von Fabienne. So hieß das Mädchen, dass mir das Arbeitsblatt auf den Tisch legte. Glück brachte mir Fabienne aber nicht, schleppte ich in meinem Rucksack doch eine Vier minus nach Hause. Ich scheiterte an Geometrie. So ohne Lineal. Und viele Aufgaben, die abgefragt wurden, hatten wir in Ostfriesland in der sechsten Klasse durchgenommen. Woher sollte ich drei Jahre später noch wissen, wie man die rechnete? Und seit wann schafften es Lehrer, schriftliche Leistungskontrollen noch am gleichen Tag zu korrigieren? Ich trottete mit gesenktem Kopf den Heimweg entlang. Bis ich zusammenzuckte. Mein Trommelfell war kurz vorm Reißen.

»Heeeyy, naaa? Musst du auch hier lang?« Jenny lächelte und hechelte in meine Richtung.

Nach was sah das denn aus? Nee, ich gehe mit meinem tonnenschweren Schulrucksack spazieren. Was für eine Frage.

»Wie lief dein Mathetest?«

»Ging so.« Jenny hatte die volle Punktzahl. Ich nicht. Deswegen hätte ich über jedes Thema lieber gesprochen, als über diesen blöden Test. Und Jenny schien das zu verstehen, denn sie wechselte ohne Überleitung das Thema.

»Auf welcher Schule warst du vorher?«

»Ulrichs Gymnasium.«

»Kenn ich nicht.«

»Ist auch weit weg.«

»Ach so, dann seid ihr jetzt erst nach Berlin gezogen?«

Ich nickte, schaute Jenny dabei aber nicht an. Die nervte. Schon am ersten Tag.

»War ja echt blöd, dass die alle über deinen Nachnamen gelacht haben. So lustig finde ich den gar nicht.«

»Hm«, machte ich. Weil ich auch über meinen Nachnamen nicht sprechen wollte.

»Ich bin schon seit der siebenten Klasse auf der Schule. Ist todlangweilig. Ich schreibe immer nur Einsen, obwohl ich nie lerne. Krass, oder?«

Meine Mutter sagte einmal, dass es Menschen gibt, die müssen nichts tun, denen wird alles in den Hintern gesteckt. Jenny gehörte wohl zu diesen Menschen. Meine Beliebtheitsskala kletterte sie damit nicht hinauf.

»Was hattest du für einen Notendurchschnitt auf deinem letzten Zeugnis?« Ich zuckte mit den Schultern. Notendurchschnitt? Der interessierte mich nicht. Und diese Jenny ging mir gehörig auf den Keks mit ihren Fragen.

Nachdem ich Jennifer an der letzten Straßenecke endlich abschütteln konnte, schloss ich kurz darauf die Haustür auf.

Am Morgen verabschiedete mich das Gebrüll von Annabell, nun empfing es mich wieder. Dank Annabell hielt sich das Interesse an meinem ersten Schultag in Grenzen. Zum Glück.

04. Kapitel

Am zweiten Tag stand in der ersten Stunde das Kosmetikstudio vor der Klasse. Wobei Beautysalon besser passte. Weil die bei uns Englisch unterrichtete. Aber so *beauty* sah Frau Deutschländer nicht aus, wenn ich die mir ohne eine Tonne Schminke vorstellte. Was folgte, war mein persönliches Drama in zwei Akten. Auch Frau Deutschländer wollte unbedingt erfahren, was wir aus dem letzten Jahr noch konnten. Das zog mir erstmal nicht die Schuhe aus, denn in Englisch hatte ich noch nie Probleme. Ich schlug also meinen Schreibblock auf und riss ein liniertes Blatt heraus. Dann schrieb ich oben links in die Ecke das Datum und in die rechte Ecke meinen Namen.

»Benjamin Grützemacher?«

Irritiert schnellte mein Kopf nach oben.

»Du stehst ganz oben im Klassenbuch und fängst an.«

Moment! Wie bitte? Was meinten Sie?

»Stehe bitte auf!«

Irgendwer sorgte tatsächlich dafür, dass ich aufstand. Ich war es nicht. Ich wollte den Beauty-Salon verbessern. Grützemacher begann doch mit G. Nicht mit A oder B. Vielleicht orientierte die sich an den Vornamen? Da kannte ich aus der Klasse bisher niemanden, dessen Namen mit A anfing. Oder stand ich ganz oben in der Liste, weil ich neu war?

»Bitte antworte in Englisch auf meine Fragen!«

Frau Deutschländer machte ihrem Namen alle Ehre. Meine letzte Englischlehrerin sprach ausnahmslos Englisch mit den Schülern. Frau Deutschländer bevorzugte es scheinbar, ausnahmslos Deutsch zu sprechen.

»Was hast du in deinen Ferien gemacht?«

»Ich? Ich bin ...«

»Bitte auf Englisch.«

Ach ja!

»I moved in the holidays«, antwortete ich. Diese Jenny kicherte über meine Antwort, welche noch meine Beste war. Bei allen weiteren Fragen des Tuschkastens hätte ich mich gerne eingebuddelt. Aber unter mir lag, statt Nordseesand, giftgrüner Linoleumboden. Da war das Einbuddeln schwierig. Nach fünf Minuten Folter, die sich wie fünf Tage anfühlten, setzte ich mich wieder. Mit einer Fünf.

Nach mir kamen noch zwei Schüler dran. All die anderen konnten sich in Ruhe auf ihre Kontrolle am nächsten Tag vorbereiten. Und es waren ausnahmslos die gleichen Fragen. Warum gab meine Mutter mir nach meiner Geburt nicht den Namen Zen oder Zorro? Dann hätte ich auch noch die Möglichkeit gehabt, mich vorzubereiten. Aber so ...

In der zweiten Stunde stand die Klasse in Reih und Glied. Vor uns stand der gleiche Jogginganzug, der mich gestern im Militärton darauf hinwies, dass ich im falschen Gebäude war. Wobei eine Uniform der Bundeswehr besser zu unserem Sportlehrer Herrn Stark gepasst hätte. Beurteile Menschen nie nach Ihrem Äußeren, sagte meine Mutter immer. Aber wie sollte man über jemanden urteilen, dessen Spitzname in der Schule *Generalfeldwebel* war? Immerhin unterzog uns Generalfeldwebel Stark nicht gleich einem ›Mal schauen, was ihr aus dem letzten Jahr noch könnt‹-Test. Dafür brüllte er Jenny an, als wir zur Erwärmung drei Runden um den Kunstrasenplatz joggten. Sie wäre so langsam, sie müsse aufpassen, nicht von einer Biene befruchtet zu werden.

Ich fand den Spruch ziemlich daneben, weshalb ich auch nicht lachte. Im Gegensatz zu den anderen Jungs.

»Mach dir nichts draus«, flüsterte ich ihr zu. Jenny zeigte mir wieder ihre Zahnspange. Aber dieses Lächeln kaufte ich ihr nicht ab.

Als Nächstes standen Sprintübungen auf dem Programm. Und Stark lobte meine Ausdauer und meine Schnelligkeit. Aber dieses Rumgeschleime war mir peinlich. Auch wenn ich durch Starks Loblieder in der Rangliste der Jungs einige Plätze nach oben kletterte. Das merkte ich daran, dass mich einer, der Ronny hieß, fragte, ob ich Bock hätte, nach der Schule mit auf den Fußballplatz zu kommen. Ich verneinte. Weil ich Fußball noch nie mochte. Ich kam aus Ostfriesland. Da boßelte man. Im Winter. Auf der Straße. Oder man spielte Handball. Aber Fußball war da nicht so beliebt. Zumindest bekam ich es nicht mit. Und so rutschte ich in der Rangliste wieder weit, weit nach unten.

»Gehste lieber mit deiner Negertussi mit?«

Was sollte ich darauf antworten?

05. Kapitel

Mein nächster Weg führte mich in die Goethestraße. Meine Mutter gab mir das Versprechen, dass ich weiter Handball spielen durfte, wenn wir nach Berlin ziehen. Sie hielt ihr Versprechen. Ein Versprechen. Von zehn.

Ich war eine Stunde zu früh an der Halle. Egal. Im nahegelegenen Park wandelte ich meine Schultasche zu einem Kissen um und legte mich auf die Wiese. Ich ließ mir die Nachmittagssonne auf das Gesicht scheinen, während das Gras, welches mir am Hals und an den Händen kitzelte, ein Eindösen verhinderte. Zu spät zum ersten Training zu kommen, hätte zwar perfekt zu meinem Start in der Schule gepasst, aber den wollte ich hier auf keinen Fall wiederholen. Es kommt immer so, wie es kommen soll. Noch so ein Spruch meiner Mutter. Das hieß, wäre ich im Park eingeschlafen und deshalb zu spät zum Training gekommen, sollte es genau *so* kommen? Vor was bewahrte mich das dann bitte? Es bewahrte mich ja auch nichts vor der Schule. Oder vor dieser nervigen Jenny, die mich mit ihrer Brille und ihren komischen Haaren an eine Studentin aus Afrika erinnerte.

Zehn Minuten vor Trainingsbeginn schlich ich zurück zur Halle. Vor der Tür standen neun Jungs, die sich boxten und rempelten. Hoffentlich war das kein Teil meiner neuen Mannschaft.

Es war kein *Teil* meiner neuen Mannschaft. Es war meine neue Mannschaft. Sie bestand aus neun Jungs. Mit mir also zehn.

Aber wollte ich hier wirklich Handball spielen? Ich wollte. Unbedingt. Mein alter Handballverein war durch unseren

Umzug in weite Ferne gerückt und dies hier der einzige Verein in der Umgebung. Ich hatte also keine Wahl. Denk positiv, würde meine Mutter jetzt sagen. Immerhin erkannte ich Marlon. Einen schlaksigen Jungen aus meiner Klasse, der, wie Jenny, eine Brille trug. Ich wechselte mit ihm in der Schule noch kein Wort, aber ich dachte ja positiv. Marlon sah mich und hob seine Hand. Wahrscheinlich, um mich zu grüßen. Ich hob zurück, traute mich aber trotzdem nicht zur Gruppe. Lieber wartete ich auf den Trainer. Und der kam. *Sie* kam. In einer grünen Trainingsjacke. Ich schlich näher an die Gruppe heran und glotzte meine neue Trainerin an, die so hoch wie breit war. Mein Geglotze sah bestimmt doof aus. Egal, denn eines wurde mir sofort klar. Wer so eine Frau zur Mutter hatte, der musste keine Angst haben, dass ihm die anderen Jungs das Taschengeld abziehen würden. Die kräftige Frau schob den Schlüssel in das Schloss der Hallentür und die Schafherde folgte der Schäferin. Ich schlich hinterher, kam aber nur bis zur Tür.

»Ach, du bist Ben?«

Eine kräftige Pranke streckte sich mir entgegen. Ich starrte auf die Hand, die so groß wirkte, als könne man mit dieser drei Handbälle auf einmal fangen. Ich wusste, wenn ich diesem Kleiderschrank ebenfalls meine Hand entgegenstrecke, erledigte sich das mit dem Handball spielen. Niemals bekäme ich diese in einem Stück zurück. Die dauergewellten, blonden Haare reagierten gelassen auf meinen verweigerten Handschlag und sagten: »Hi, ich bin Uschi.«

Kein Name auf der Welt passte besser zu dieser Frau. Das war eine wirkliche Uschi. Eine Uschi mit Reibeisenstimme.

Zu dieser Stimme gesellte sich ein breites Grinsen, dass mich an Herrn Scholz erinnerte. Uschi war nicht dick. Ich glaube, sie war tierisch muskulös. Alles andere hätte mich erschrocken. Nur hätte mich jemand nach dem Alter von Uschi gefragt, hätte ich bestimmt gelogen. Ich schätzte, sie war irgendwas zwischen 45 und 60.

»Schon mal Handball gespielt?«

Wieder nickte ich.

»Welche Position?«

Warum schaffte es in Berlin eigentlich niemand, einen richtigen Satz auszusprechen? Aber gut, ich konnte auch in halben Sätzen antworten.

»Im Tor!«

»Super! Das passt. Wir haben im Moment nur einen Torwart.«

Welche Position passte denn bitte nicht bei neun Spielern? Sechs auf dem Feld und nur drei auf der Bank?

»Okay, zieh dich um und dann machst du dich warm.«

Wieder nickte ich und verschwand in der Halle. Die Kabinentür riss ich beinahe aus den Angeln, als ich in der Umkleide verschwinden wollte. Dabei vergaß ich aber, dass sich da noch neun andere Jungs umzogen.

»Hey ...«, murmelte ich peinlich berührt. »Ich bin Ben.«

»Cool, ich wusste gar nicht, dass du auch Handball spielst.«

Ich wollte Marlon für ewig dankbar sein, dass er mich mit diesem Satz aus meiner blöden Situation rettete. Und so waren Marlon und ich für die nächsten fünf Minuten sowas wie Kumpels. Für fünf Minuten. Dann waren es noch vier, drei ... Ich betrat die dunkle Sporthalle. Scheinbar hielt es niemand für nötig, das Licht anzuschalten, weshalb in der Halle die Farbe Grau dominierte. Ich trabte zu den Jungs und wärmte mich mit auf. In der großen Halle wirkte die Gruppe so, als hätte sie hier jemand vergessen.

Oder als ob sie noch auf andere Gruppen wartete. Noch zwei Minuten ..., ich joggte und sprintete abwechselnd und wedelte dabei mit meinen Armen, noch eine Minute ..., Uschi stellte die Tore auf. Dann rief sie: »Okay, einen Kreis!« Uschi stellte mich vor. Aber meine Position behielt sie noch für sich. Und wo war eigentlich Marlon?

»Die Torhüter ins Tor, wir beginnen das erste Training der Saison mit Wurftraining.« Ich joggte Richtung Tor. Plötzlich raste ein Junge an mir vorbei. Ein Junge mit festgetackerter Sportbrille. Marlon stellte sich zwischen die Pfosten. Ich wendete direkt und joggte ins gegenüberliegende Tor.

»Gut, wir haben in diesem Jahr zwei Torhüter«, schallte Uschis Reibeisenstimme durch die Halle. »Also zwei Gruppen.«

»Ach, der Neue ist auch Torwart?«, fragte einer, den ich noch nicht kannte. Und in diesem Moment kapierte auch Marlon, dass ich sein neuer Konkurrent war.

Im Tor hatte ich was drauf. In der letzten Saison belegte mein letzter Verein den dritten Platz in der höchsten Liga. Auch dank mir. Das mag eingebildet klingen, war aber so.

Und dann drang wieder die Frage in meinen Kopf, ob ich hier wirklich Handball spielen wollte. Die Würfe meiner neuen Mannschaftskameraden ..., das Warmmachen war doch abgeschlossen? Ich fing viele Bälle direkt, was als Handballtorwart eher unüblich ist. Von den ersten zehn Würfen landete einer im Netz. Von den nächsten zehn keiner. Viele Spieler warfen den Ball aus dem Stand. Ja, Sprungwürfe waren so selten wie die Bälle, die ich aus dem Tor holte. Auweia, das sah alles ziemlich bescheiden aus. Und das war noch nett formuliert. Im abschließenden Trainingsspiel blieb ich bis kurz vor Schluss ohne Gegentor. Auch das ist beim Handball ja eher unüblich. Als dann doch noch ein Ball ins Netz ging, drehte der Typ, der das Tor warf, völlig durch. Wie ein Flugzeug segelte er durch die Halle, grölte und kurz darauf war er unter vier seiner Mitspieler begraben.

Wo bin ich hier gelandet?

06. Kapitel

Es war gegen 19:00 Uhr, als ich vom Training nach Hause kam. Aus dem Wohnzimmer hörte ich Besteck klappern. Ich warf meinen Rucksack und meine Sporttasche ab und wusch mir die Hände. Nur weil ich einen Mega-Hunger hatte, suchte ich mir anschließend einen Platz am Abendbrottisch, der nur von einem Funzellicht beleuchtet wurde. Ich schnappte mir eine Brotscheibe und belegte diese mit Käse. Das wiederholte ich zweimal.

»Kannst du antworten, wenn dir deine Mutter eine Frage stellt?« Ich schaute meinen Stiefvater an.

Wer stellte eine Frage? Ich habe nichts gehört.

»Ich habe dich etwas gefragt, Ben!«

»Entschuldige, ich habe nicht zugehört.«

»Das ist ja nichts Neues«, knurrte Herr Andreas Popelbremse Schuhmacher. »Ich fragte, wie dein Tag war.«

Wie mein Tag war? Seit wann interessierte sich hier jemand für mich. Hallo? Hier hielt man es nicht einmal für nötig, mit dem Abendessen auf mich zu warten. Nicht, dass mich das gestört hätte.

»Ganz okay?«, antwortete ich eher fragend. Hoffentlich bohrten die nicht nach. Was sollte ich dann erzählen? Von einer Vier minus in Mathe und einer Fünf in Englisch? Dass der neue Handballverein an Völkerball für Rentner erinnerte?

Aber, Gott sei Dank, das Interesse an mir war lediglich eine ›Wir fragen jetzt mal, wie es dir geht, um unser Gewissen zu beruhigen‹-Frage.

Annabell erkundete anschließend weiter ihren Daumen,

Herr Oberlippenbart genoss sein Bier und meine Mutter schnitt eine Tomate in Scheiben. Am nächsten Tag weckte mich die Morgensonne, was erfreulicher war, als von Andreas Schuhmacher geweckt zu werden. Doch die Morgensonne weckte auch Erinnerungen an meine Hausaufgaben. In Deutsch, Mathe und Biologie. Dieser Tag war verloren. Schon am Morgen.

»Mist, verdammter!«, fluchte ich kaum vernehmlich und begrub meinen Kopf unter meinem Kissen. Jemand donnerte gegen die Tür und brüllte: »Aufstehen!« Am Montag und Dienstag öffnete man wenigstens noch meine Zimmertür, um mich rüde zu wecken, aber auch das ersparte man sich inzwischen. Ich gehorchte dem Befehl, schnappte meine Sachen und flüchtete ins Bad. Vor dem Spiegel stand ein zerknautschter Vierzehnjähriger mit ..., oh Gott, wo kam das denn her? Ich schaute genauer hin. Ein Bartflaum. Nein ..., bitte nicht! Nicht jetzt schon! Wie sollte ich den wieder wegkriegen? Die Rasierer von Schnauzbart Schuhmacher fasste ich nicht an. Nicht freiwillig. Ich griff eine Nagelschere und versuchte, den Milchbart über meiner Oberlippe wieder zu entfernen. Jede noch so winzige Ähnlichkeit mit meinem Stiefvater galt es bedingungslos auszulöschen.

Die Schere führte einen Kampf gegen meinen ersten Bartwuchs. Es war ein schmerzhafter Kampf. Und als ich das Ergebnis im Spiegel betrachtete, konnte ich mir denken, warum mein Herr Stiefvater solch ein Gerät zwischen Oberlippe und Nase trug. Ich versuchte, die zahlreichen Blutungen mit winzigen Klopapierschnipseln auszubremsen, aber das gelang nicht. Wenn ich mit diesem Ergebnis in der Schule erschien, lachten die mich bestimmt aus. Mir kam die Idee, ein Pflaster über meine Lippe zu kleben, doch damit hätte ich ausgesehen wie dieser Irre, der den Zweiten Weltkrieg verursacht hat.

Aber ..., Moment ..., warum blieb ich nicht zuhause? Ich hatte keine Hausaufgaben, mir tropfte Blut aus dem Gesicht ..., das waren genug Gründe. Nur wie schaffte ich es, dass niemand von meiner Idee erfuhr? Ich schlich zurück in mein Zimmer und wartete, bis es Zeit war, den Weg zur Schule anzutreten. Wenn meine Mutter und ihr Freund dann das Haus verlassen hatten, konnte ich ja zurückkehren.

07. Kapitel

Ich setzte meinen Plan geschickt um. Bis zur ersten Straßenecke. Da erkannte mich Jenny.

Nein, bitte nicht! Nicht Jenny, nicht schon wieder tausend Fragen.

»Hey, cool, dich zu sehen.«

Wäre cool, wenn ich dich nicht sehen müsste.

Das sagte ich aber nicht. Stattdessen lächelte ich und log: »Schön, dich auch zu sehen.«

»Was hast du denn im Gesicht?«

»Was? Äh ..., nichts weiter.«

Hoffentlich merkte die, dass mir das unangenehm war.

»Hast du die Hausaufgaben? Ich habe gestern bis nach Zehn dran gesessen. Irre, oder?«

Ich nickte, streckte aber meine Mundwinkel nach unten. Die Hausaufgaben. Oje.

»Am zweiten Tag ballern die uns schon so mit Hausarbeiten zu. Voll unfair.«

Ich wusste nicht, was ich sagen sollte, wäre aber eh nicht zu Wort gekommen. Weil diese Jenny ununterbrochen quatschte.

»Weißt du, ich finde das voll cool, dass wir nebeneinandersitzen. Ich hatte schon Angst, in dem neuen Schuljahr neben so einem Proll oder einer Tussi sitzen zu müssen. Wie Fabienne. Die ist doch voll die Tussi.«

Was? Fabienne? Eine Tussi? Ich hätte dir gerne widersprochen. Wenn ich die Möglichkeit dazu gehabt hätte.

»Du sagst ja gar nichts.«

Das stimmte. Es war auch schwierig, was zu sagen, wenn Jenny, die eigentlich Jennifer hieß, ohne Luft zu holen redete.

»Ich wollte dich nicht unterbrechen.«

»Ist nicht schlimm. Kannst du ruhig machen. Ich finde übrigens, dass du voll die schöne Stimme hast. Ehrlich jetzt.«

»Danke!«

Woher wolltest du das wissen? Ich sprach doch kaum ein Wort. Also hast du gelogen. Ehrlich jetzt.

Dann kam mir eine Idee. Jenny würde ich eh nicht mehr loswerden. Dafür musste ich mich von meinem Plan, wieder zurück nach Hause zu gehen, verabschieden. Also galt es, an die Hausaufgaben zu kommen. Irgendwie.

»Du ...«

»Ja?«

»Ich ..., also ...«

»Sag ruhig, was du sagen willst. Na los, raus mit der Sprache!« Jenny lächelte mich auffordernd an.

»Du bist ganz schön schüchtern, weißt du das? Aber ich finde das voll süß.«

»Ich ..., ich habe das total vergessen ...«

»Das macht nichts. Vielleicht fällt es dir ja wieder ein.«

»Ich meine, ich habe meine ..., ich meine, die Hausaufgaben, ich habe sie vergessen.«

Jetzt lachte Jenny. Obwohl, sie lachte nicht. Sie weckte die gesamte Nachbarschaft mit ihrem Wiehern. Als sie sich wieder beruhigte, schien sie endlich begriffen zu haben, auf was ich anspielte.

»Willst du abschreiben? Kannst du machen. Ist aber echt viel.«

»Das wäre super. Ich schaff das. Zur Not im Unterricht.«

»Dann lass uns beeilen. Hier auf der Straße lässt es sich schwer abschreiben.«

Jennifer zog mich hinter sich her, als wäre sie es, die sich beeilen musste, sich noch schnell die Hausaufgaben zu beschaffen. Ich hatte Mühe, ihr zu folgen. Sport am Morgen war nicht meins. Vor allem nicht, wenn es um halb acht schon so heiß war.

»Hoffentlich bist du bei unserer Hochzeit nicht genauso lahmarschig.«

Ich kniff die Augen zusammen und wäre gerne vor Entsetzen stehen geblieben, aber Jenny zerrte mich weiter Richtung Schule. Was schwafelte die von Hochzeit?

Während ich über eine Grünphase gezogen wurde, überlegte ich, wie ich meine Entrüstung über Jennys Worte am besten ausdrücken konnte. Aber mehr als: »Ich werde niemals heiraten«, brachte ich nicht heraus.

»Zum Glück habe ich da auch noch ein Wörtchen mitzureden.«

Die hatte doch nicht mehr alle Latten am Zaun. Ich war vierzehn, dachte vielleicht an meinen ersten Kuss, aber mit Sicherheit nicht an Hochzeit. Und ich erinnerte mich auch nicht, mit diesem komischen Mädchen zu gehen. Ich nervte mich selbst schon genug, da brauchte ich nicht noch eine, die ständig Fragen stellte. Bis zum Beginn des Unterrichts schaffte ich es, Biologie abzuschreiben. Wobei allein das Abschreiben schon ermüdend war. Hätte ich mich gestern noch intensiver mit dem Thema *Energieumwandlung in Organen und Organsystemen* beschäftigt, ich wäre wohl schon am Nachmittag eingeschlafen.

In der ersten Stunde hatten wir Deutsch bei Herrn Scholz. Ich legte Jennys Hefter unter das Deutschbuch und begann, die Mathehausaufgaben abzuschreiben. Marlon saß direkt vor mir.

Als er sich umdrehte und »Alter, du stinkst voll« zu mir raunte, konnte ich das einordnen. Er war wütend, weil ich jetzt in seiner Handballmannschaft spielte und der bessere Torwart war. Wobei es wirklich stank. Und warum stieß Jenny alle paar Sekunden mit ihrem Knie gegen meins? Das brachte mich komplett raus. Ich achtete nicht mehr auf den Lehrer, der aber umso mehr auf mich.

»Ey«, flüsterte Jenny schließlich.

»Was denn?«, flüsterte ich zurück.

»Ich glaube, du hast Hundekacke am Schuh.« Ich hoffte, mich verhört zu haben und schielte Richtung meiner rot-weißen Sportschuhe. Ohne meine Sohle zu betrachten, sah ich es. Der zermatschte Hundehaufen quoll sogar an den Rändern meiner Schuhsohle heraus. Ich schob den Hefter zur Besitzerin zurück.

»Hundescheiße am Schuh bringt Glück.« Diesmal flüsterte Jennifer nicht. Die Klasse lachte und Herr Scholz stapfte zur hintersten Reihe. Er stellte sich vor meinen Tisch und griff erst Jennys aufgeklappten Hefter, dann meinen. Mit beiden marschierte er zurück Richtung Lehrerpult.

»Das macht eine Sechs wegen Betrugs. Für dich und für ... Moment ... Jennifer. Herzlichen Glückwunsch.«

Wieso Jennifer? Ich erinnerte mich an einen Satz, den meine Mutter gerne sagte. Stehe zu deinen Fehlern. Fehler machen sympathisch. Ich stand also auf und beichtete, dass es meine Schuld war. Ich hätte meine Hausaufgaben vergessen und Jenny deswegen angebettelt, sie abschreiben zu können. Herr Scholz antwortete aber nicht. Stattdessen glotzte er mich mit seinen Guckern an. Sein Kopf stand hervor. Genauso wie am Montag. Und wieder erinnerte mich mein Lehrer an Kermit den Frosch.

»Ich glaube, der mag dich nicht«, flüsterte mir Jenny zu.

Aber was spielte das für eine Rolle? Wir kassierten beide eine Sechs. Wegen mir. Und Jenny verschwendete ihre Gedanken daran, dass der Klassenlehrer ein Problem mit mir hatte?

»Aber mach dir nichts draus. Ich mag dich trotzdem. Ziemlich doll sogar.«

Wie beruhigend!

In der Pause flüchtete ich auf die Toilette. Ich zog meinen Schuh aus und spülte die Hinterlassenschaften irgendeines Hundes von der Sohle. Um auch den Rest aus den Fugen der Schuhsohle zu kriegen, wickelte ich den Zeigefinger meiner rechten Hand in Klopapier und steckte meine linke Hand in den Schuh, um ihn festzuhalten. Dann fing ich an zu pulen. Die dreckigen Fetzen legte ich ins Waschbecken.

»Was wird das hier?«

Erschrocken drehte ich mich um und erkannte Kermit. Der starrte auf meine blaue Socke, dann auf den Schuh, in dem meine linke Hand steckte. Er sah das Waschbecken, welches voller Klopapier war. Und an dem Papier klebte Hundekot. Ich rechnete mit einer fulminanten Meckerorgie. Aber es kam viel schlimmer. Herr Scholz starrte mich nur an und sagte in einem tiefenentspannten Ton: »Seinen eigenen Kot auf der Schultoilette verteilen, das nennt man Beschädigung von Schuleigentum. Und ich möchte nicht wissen, was du hier mit deinem Schuh anstellen möchtest. Das wird in jedem Fall Konsequenzen haben.«

Irgendwas klemmte in meinem Hals. Mein Lehrer schaute mich mit einem Blick an, der bei mir nur Fragezeichen entstehen ließ. War das ein Mitleidsblick? Oder gönnte er mir zusätzliche Probleme von Herzen? Natürlich tat er das. Im Unterricht musste Herr Scholz schließlich mitbekommen haben, dass Hundekacke an meinem Schuh klebte. Wütende Menschen schauten in jedem

Fall anders. Ich ließ meine Schultern hängen und starrte weiter meinen Lehrer an. Der sagte nichts mehr, starrte nur zurück. In meinem Kopf war alles leer. Sollte ich jetzt in Tränen ausbrechen? Das hätte doch nichts geändert. Ich zog meinen Schuh an, säuberte das Waschbecken und griff meinen Sportrucksack. Ich begab mich zum Sportplatz. Auf dem Weg dorthin entschuldigte ich mich nochmal bei dem Mädchen, das nicht mehr von meiner Seite wich. Der Sechser war Jenny scheinbar egal.

»Meckern deine Eltern deswegen nicht?«, fragte ich.

»Susi und Birk? Die meckern nie. Denen sind Noten egal. Fehler können doch passieren. Wichtig ist, dass man aus ihnen lernt.«

Jetzt klang Jenny schon wie meine Mutter. Und nannte die ihre Eltern ernsthaft beim Vornamen?

Mit Beginn der Sportstunde standen wir wieder in Reih und Glied. Ich kam mir affig vor, die Befehle von Stark umzusetzen. Brust raus, Rücken gerade! Aber es gelang mir, meine Gefühle nicht zu zeigen. Jenny gelang das nicht. Aber sie kämpfte immerhin gegen ihr Lachen an. So hörte ich nur ein leises *pffff*. Hätte das der Stark gehört, hätte der bestimmt ein *Uaaahhhh* losgelassen. Oder irgendwas anderes Rabiates. Stattdessen kündigte der das erste Thema für den Sportunterricht an. Ausdauerlauf. Für eine Eins galt es, 30 Minuten zu joggen. Ohne Pause. Und obwohl ich über eine gute Kondition verfügte, schätzte ich meine Chancen auf eine gute Note bei Generalfeldwebel Stark ähnlich ein wie meine Chancen bei Fabienne, die mir noch immer die gleiche Aufmerksamkeit schenkte wie den Schweißflecken auf der Rückenseite von Starks Pullover. Mehr als ein Naserümpfen war nicht drin. Um uns auf den Ausdauer-Test vorzubereiten, begannen wir an diesem Tag, zehn Minuten um den Sportplatz zu joggen. Vor mir lief Fabienne. Und die wirkte so elegant, als schwebte eine Fee über den Sportplatz. Fasziniert beobachtete ich, wie ihre Pobacken immer leicht nach links und rechts tanzten.

»Die Jungs dürfen gerne schneller als die Mädchen laufen Herr Grützemacher.«

Diese Aufforderung verstand ich und zog an der Fee vorbei. Vielleicht schenkte sie mir dadurch endlich etwas Beachtung? Fehlanzeige! Als nächste Übung standen 100m-Sprints auf dem Programm. Generalfeldwebel Stark zog eine anerkennende Schnute, als er meine Zeit stoppte.

»11,2 Sekunden. Nicht schlecht, Herr Grützemacher!«

Konnte der bitte aufhören, mich Herr Grützemacher zu nennen? Ich hatte auch einen Vornamen. Aber das sagte ich nicht. Ich war ja nicht verrückt. Kurz darauf sprintete eine Mädchengruppe los. Mit dabei Jenny, und Fabienne. Fabienne schwebte über die Bahn und Jenny lag nach den ersten Schritten mit dem Gesicht auf dem grauen Schotter. Alle lachten. Mit Ausnahme von mir. Aber das war nicht der einzige Hohn, der auf Jenny hinabregnete.

»Und ich dachte, schwarze Weiber könnten schneller laufen, weil die ständig vor ihren wilden Hengsten flüchten müssen«, lachte Stark auf der Tribüne. Sah der denn nicht, dass Jenny nicht mehr aufstand? Ich rannte hin. Und es war mir egal, ob die anderen pfiffen.

»Haha, da kommt der wilde Hengst!«, johlte einer. Ich bückte mich und sah, dass roter Saft aus Jennys Nase lief, ein Brillenglas hatte einen Sprung und auf ihrem linken Knie mischten sich winzige Kieselsteine mit Blut.

»Alles okay?«

Was für eine dämliche Frage.

Jenny schüttelte den Kopf.

»Komm, leg deinen Arm um mich, ich stütz dich!« Jetzt war in Jennys Gesicht wieder ein Grinsen zu erkennen. Aber die Schmerzen konnte sie mit ihrem Lächeln nicht überspielen.

»Vielleicht könnt ihr euer Liebesspiel außerhalb des Laufrings absolvieren?«

Was für ein Arschloch dieser Stark doch war. Und meine Mitschüler ebenso, denn ich erkannte niemanden, der nicht über diesen Spruch lachte.

»Es geht nicht mehr. Mein Knie tut höllisch weh.«

Ich rief Herrn Stark fragend zu, ob er ein Pflaster hätte, doch das war keine gute Idee.

»Was willst du denn mit Pflaster? Ich dachte, du brauchst Kondome!« Wieder lachten alle. Nur ich nicht. Ich stand nur da und hätte am liebsten den Kopf geschüttelt. Aber selbst das ging nicht. Dass ein Lehrer so mit seinen Schülern spricht, hatte ich bis dahin noch nie erlebt. Wahrscheinlich war ich deshalb für einen kurzen Moment erstarrt. Ich meldete uns nicht ab, als ich Jenny zurück in die Sporthalle brachte. Ich öffnete die Tür zur Mädchenumkleide und schaltete das Licht an. Jenny setzte sich auf die Bank.

»Willst du nach Hause?«

»Bringst du mich?«

»Klar. Sag cinfach Bcschcid, wcnn du fertig bist.«

Dann sagte Jenny etwas, was mich innerlich erzittern ließ. Sie bat mich, bei ihr zu bleiben. In der Umkleidekabine.

Natürlich wollte ich bei ihr bleiben. Aber während sie sich umzog? Mir war kalt und heiß. Sie zog ihr Sportoberteil aus. Ruckartig drehte ich mich um und glotzte zur Wand.

08. Kapitel

Auf dem Weg zu ihrem Haus klammerte sich Jenny an mich. Ich spürte ihren Atem an meinem Hals. Und natürlich redete Jenny, als wir das Schulgelände verließen, und sie redete immer noch, als wir an ihrem Haus ankamen. Jennys Nähe war mir unangenehm. Und doch war da eine Wärme, die von Jenny ausging. Eine Wärme, die sich anfühlte, als legte jemand eine Kuscheldecke um meine Seele. Dieser Moment ließ mich rätseln. Einerseits hoffte ich, dass mich so niemand sah, gleichzeitig genoss ich diese Wärme. Ich drückte meinen Daumen auf den Klingelknopf. Jemand öffnete die Tür und gleichzeitig meinen Mund. Jennys Mutter hatte schulterlange, fuchsrote Haare und Sommersprossen. Ich wusste nicht warum, aber ich schämte mich. Vielleicht, weil ich jemanden erwartete, der die gleiche Hautfarbe hatte wie Jenny. Jennys Mutter bedankte sich mehrmals, dass ich Jenny nach Hause gebracht hatte. Dann kroch ich selber nach Hause. Alles war verhext. Seit unserem Umzug nach Berlin lief nichts mehr bei mir. Nur noch schlechte Noten, keine Freunde, dazu ein Handballverein, der alles, aber keinen Handball spielte. Nicht zu vergessen: die Lehrer! Herr Scholz, Generalfeldwebel Stark, der Beautysalon ... Eigentlich hatte ich bei allen schon verspielt. Und was wohl aus dem Vorfall auf der Toilette wurde? Es konnte nicht mehr schlimmer kommen. Dachte ich. Ich steckte den Schlüssel ins Schloss unserer Haustür und hörte wieder Geschrei. Nein, diesmal schrie nicht Annabell, sondern meine Eltern. Oder das, was davon übrigblieb.

Meine Mutter zoffte sich unüberhörbar mit der Rotzbremse.

Ich verkrümelte mich unbemerkt in mein Zimmer. Unbemerkt. Haha. Zwei Minuten später hörte ich Schritte. Der Schnauzbart riss meine Zimmertür auf.

Wie wäre es denn mal mit Anklopfen Herr Schuhmacher?

»So! Das wars!«

Tatsächlich zuckte ich für einen kurzen Moment zusammen. Aber wieso überhaupt? Konnte mich ernsthaft noch irgendwas erschrecken?

»Dein Handy!«

»Was?«

»Dein Handy!«

»Was ist damit?«

»Gib her!«

»Warum?«

»Du weißt genau warum!«

Jeder Mensch, der ansatzweise Gesichtsausdrücke deuten konnte, hätte gewusst, dass ich wirklich keine Ahnung hatte, worum es ging.

»Dein Handy!«

Mir fiel es weiterhin schwer, mich mit diesen halben Sätzen anzufreunden.

»Was ist denn passiert?«, fragte ich.

»Weißt du wohl am besten.«

Ich wusste lediglich, dass wir uns im Kreis drehten.

Jetzt kam auch meine Mutter ins Zimmer.

»Herr Scholz hat angerufen.«

Oh Gott, Herr Scholz.

»Du hast in drei Tagen eine Vier minus, eine Fünf und zwei Sechsen bekommen. Und du hast die Schultoilette beschädigt.«

Ich habe die Schultoilette nicht beschädigt. Und zwei Sechsen?

Ich wusste von einer.

»Nicht zu vergessen, das unerlaubte Verlassen des Schulge-
ländes!«

Das verschlug mir die Sprache. Bekam ich eine Sechs, weil
ich Jenny nach Hause brachte? Natürlich! Ich hatte mich ja nicht
abgemeldet.

»Dein Kommentar?«

Dieser Kuddelmuddel überforderte mich. Aber das zeigte ich
nicht. Stattdessen zuckte ich mit den Schultern.

»Dein Handy! Sofort!«

Ich zog mein altes Nokia 3310 aus der Seitentasche des Ruck-
sacks und überreichte es meinem Stiefvater.

09. Kapitel

Am nächsten Tag blieb der Platz in der Schule neben mir leer. Meine ganze Aufmerksamkeit schenkte ich daher Fabienne. Und Fabienne blieb nichts anderes übrig, als mir ihre Aufmerksamkeit ebenfalls zu schenken.

Ich litt zwar noch immer unter den komischen Blicken meines Klassenlehrers, doch endlich bewies der mal, dass er mit seiner Antenne auch meine Signale empfing. In Biologie teilte er mich einer Gruppe zu, der auch Fabienne angehörte. Das Thema der Arbeit? Egal, denn am Gruppentisch saß ich dem schönsten Mädchen der Klasse gegenüber. Ach, was sage ich. Dem schönsten Mädchen der Welt. Nein, des Universums. Mit zwei anderen Klassenkameraden, darunter auch Marlon, *wegen dir bin ich nur noch Ersatztorwart*-Vogel. Aber das juckte mich nicht. Was mich juckte, und da war ich mir sicher, Herr Scholz beobachtete mich ununterbrochen. Der lauerte auf einen Fehler von mir. Aber diese Befriedigung gönnte ich dem nicht. Ich hing mich rein und durchblätterte jeden dicken Wälzer, der auf unserem Tisch lag.

Okay, es war langweilig. Ich tat lediglich so, als würde ich lesen. Denn wenn ich die Texte gelesen hätte, wäre ich eingeschlafen. Was auch daran lag, dass ich das gleiche Thema schon einmal in der siebenten Klasse erarbeiten musste.

»Was hast du herausgefunden?«, fragte mich die schönste Stimme des Universums.

»Ich? Also, naja, die Energiegewinnung im Körper, also, ...«

Verdammt! Hätte ich mal doch gelesen.

In diesem Moment schob sich Mr. Ersatztorwart zwischen

mich und der Fee. Er plapperte drauf los und präsentierte seinen Text mit den markierten Stellen.

Du Schleimer.

Aber ich hatte auch noch ein Ass im Ärmel.

»Was haltet ihr davon, wenn wir einen menschlichen Körper mit all seinen Organen nachbauen?« Fabienne klatschte in die Hände und rief: »Prima Idee!« Die anderen ersparten sich ihren Widerspruch.

»Hast du eine Idee, wie wir das anstellen wollen?«

Nein, die hatte ich nicht. Was mich aber nicht daran hinderte, noch einen drauf zu setzen.

»Für mich wäre wichtig, dass man von außen sieht, was in den Organen vor sich geht. Glas geht natürlich nicht, aber ...«

»Man kann doch einfach Klappen in die jeweiligen Organe einbauen.«

»Coole Idee!«, fand Fabienne. Mein Fuß zuckte, weil er dem Schienbein von Herrn Streber Marlon zu gerne ›Hallo‹ gesagt hätte.

»Okay, ich schlage vor, zwei Leute beschäftigen sich mit dem Bau, die anderen beiden erarbeiten das Schriftliche.«

Mit was für einer Eleganz Fabienne ihre Haare hinter ihr wunderschönes Ohr streifte.

»Wie ich sehe, bist du gut im Texte ausarbeiten, Marlon. Dann würde ich mich mit Fabienne um den Bau kümmern. Wenn das für Fabienne okay wäre ...«

»Klar, von mir aus. Was sagt ihr dazu?«

»Weiß nicht. Bist du denn handwerklich begabt?«

Gib auf Marlon. Versuche es erst gar nicht!

Natürlich war ich handwerklich so begabt wie ein Fisch, der einen Marathon laufen wollte. Der hatte Flossen anstatt Beine und ich hatte zwei linke Hände. Nein, Basteln und Werkeln war nie meins, aber egal. Mit der Kraft der heiligen Fabienne bekam ich das schon irgendwie hin.

10. Kapitel

Mr. Marlon zog gegen mich also ein zweites Mal den Kürzeren und es war nur eine Frage der Zeit, bis ich mich mit Fabienne verabreden würde. Schließlich mussten wir den Bau des Körpers fertigstellen.

Nach der Schule führte mich mein nächster Weg aber erstmal zu Jenny, um ihr die Hausaufgaben zu bringen. Das verlangte mein schlechtes Gewissen. Schließlich erhielt sie wegen mir eine Sechs. Aber das reichte dann auch an Wiedergutmachung. Ich klingelte und Jenny selbst öffnete die Tür. Ihre Haare sahen aus, als hätte sie in eine Steckdose gefasst. Ihre unzähligen Ringellocken standen nach allen Seiten ab. Und ihre Brille war wohl noch kaputt. Dafür trug sie ein weißes Shirt und Hotpants. Was schon schön aussah.

Zur Begrüßung nahm mich Jenny in den Arm und gab mir einen Kuss auf die Wange. Das mag so üblich sein unter Freunden. Aber bei mir war das nicht üblich. Und Jenny und ich waren auch nicht befreundet.

»Schön, dass du da bist. Susi und Birk sind nicht da. Wir haben also sturmfreie Bude.« Zu diesen Worten streckte Jenny beide Arme nach links und rechts aus.

Moment, eigentlich wollte ich nur die Hausaufgaben vorbeibringen ...

»Komm mit hoch in mein Zimmer, da können wir in Ruhe quatschen.« Jenny humpelte die Treppe hinauf. Ich humpelte hinterher. Ich stierte auf die Hotpants, die durch das weiße Schlabbershirt schimmerte. Ich musste schlucken. Jetzt wusste ich, warum Hotpants eben *H*otpants heißen.

Wir betraten Jennys Zimmer. Aber das war kein Zimmer. Das war eine Galerie. Eine Kunstgalerie. Überall hingen und standen gezeichnete Bilder.

»Sind die alle von dir?«

»Ja, ich zeichne, wenn mir langweilig ist. Und mir ist oft langweilig.« Ich nickte und staunte. »Ach, was ich dir noch sagen wollte, Susi und Birk finden dich supernett. Unserer Hochzeit steht also nichts mehr im Weg. Wenn wir alt genug sind.«

Was? Hochzeit? Fing die wieder damit an! Was hatte die für ein Problem?

Auf diese Frage sollte ich noch eine Antwort bekommen. Wenn auch nicht an diesem Tag.

Im gleichen Moment sah ich ein Bild, das erinnerte mich an ..., ja, tatsächlich.

»Hast du *mich* da gemalt?«

»Ja, ich habe ein fotografisches Gedächtnis.«

Dem konnte ich nicht widersprechen. Alle Bilder, aber besonders das von mir, sahen umwerfend aus.

»Du kannst echt toll zeichnen.«

»Ich weiß.«

11. Kapitel

Dann war er da. Endlich. Der Freitagnachmittag. Der Nachmittag, an dem ich der Einladung ins Königreich nachkam. Fabienne nahm mich von der Schule mit zu sich nach Hause. Ihr Haus war doppelt so groß wie das, in dem ich hauste. Höher, breiter und länger. Es erinnerte mich ein bisschen an dieses Weiße Haus von dem amerikanischen Präsidenten. Nachdem wir das riesige Gartentor passiert hatten, klingelte die Fee an der Haustür. Eine ältere Dame, mit einer Schürze dekoriert, öffnete, begrüßte Fabienne und verschwand wieder im Haus. Also wie bei mir, wenn Andreas Schnauzbart die Tür öffnete.

Natürlich war es nicht wie bei mir. Hier öffnete die Haushälterin, wie Fabienne mir erklärte. Die putzte und pflegte den Garten. Außerdem kochte sie und half bei den Hausaufgaben (so erklärte es mir Fabienne). Außer heute. Da half ich.

»Du musst deine Schuhe ausziehen«, forderte mich meine Gastgeberin auf und reichte mir für meine Socken kleine blaue Mülltüten, die ich mir über die Füße stülpen sollte.

»Das ist besser für den Marmorboden«, meinte Fabienne.

Wir stapften eine große Treppe hinauf, auf der ein roter Teppich ausgerollt war. Dass man einer Fee den roten Teppich ausrollte, war nachvollziehbar. Wobei mich interessiert hätte, was Fabiennes Eltern arbeiteten. Alles in diesem Haus sah unheimlich teuer aus. Vor allem meine Gastgeberin. In ihrem Zimmer zog Fabienne einen Telefonhörer von der Wand und sprach: »Zwei Getränke bitte und Bastelmaterialien jeglicher Art«. Dann hängte sie den Hörer wieder auf. Ich schaute überwältigt. Das war alles so anders als bei mir. Oder bei Jenny. Das hier war eine andere Welt. Eine Welt, die ich nicht kannte. Fabienne verschwand für ein paar Minuten in ihrem Badezimmer. Ich sah Jenny vor mir, wie sie in der Umkleide ihre Klamotten wechselte. Fabienne hatte dafür ihr eigenes Bad.

Es klopfte an der Zimmertür. Die Frau mit der Schürze kam herein, ohne dass ich etwas sagte, und stellte zwei halbvolle Gläser und einen Schuhkarton mit Bastelmaterialien auf dem Schreibtisch ab. Dann war sie wieder weg.

Fabienne kam aus dem Bad. Okay, sie hatte sich umgezogen, aber zwischen den Klamotten, die sie anhatte und denen, die sie jetzt trug, erkannte ich keinen Unterschied. Klar, die sahen natürlich anders aus. Ich meine eher diesen Unterschied zwischen *Freizeit-* und *Ausgehklamotten*. Der war nicht zu erkennen. Fabienne griff nach den beiden Gläsern, reichte mir eins und setzte sich. Sie lächelte mir zu. Aber es war nicht dieses herablassende Lächeln. Dieses Lächeln, das fragte, wer ich überhaupt sei. Nein, es war ein cooles Lächeln. Ein ›*Schön, dass du da bist*‹- Lächeln.

»Alles klar bei dir?« Ich nickte hilflos und starrte auf braungebrannte, glänzende Beine.

Dieses Mädchen war nicht nur schön. Fabienne als schön zu bezeichnen, wäre die Untertreibung des Jahrhunderts gewesen.

Hätte ich doch diesen Moment nur mehr genossen. Aber ich konnte ja nicht ahnen, dass Fabiennes Schönheit ein paar Wochen später Vergangenheit war.

Wahrscheinlich merkte Fabienne mir meine Nervosität an. Und sie ging damit anders um als Jenny. Fabienne und ich lachten und alberten herum. Später schauten wir einen Film auf einer überdimensionalen Leinwand, während die Frau mit der Schürze unseren menschlichen Körper baute. So entspannt konnte also das Leben sein. Dachte ich ...

12. Kapitel

Das Wochenende verging viel zu schnell. Immerhin schaffte ich es diesmal, die Hausaufgaben zu erledigen, was mich am Sonntagabend beruhigt einschlafen ließ. Herr Scholz und der Beautysalon konnten mir nichts. Gar nichts.

In der Nacht zum Montag geschah es dann. Mein T-Shirt hatte scheinbar in einem See gebadet und klebte an meinem Körper. Ich starrte an die Decke. Minutenlang. Was war das bitte für ein Traum? Während ich weiter regungslos auf dem Bett lag, fuhren meine Gefühle Achterbahn. Wollte ich diesen Traum weiterträumen?

Ja, denn er war schön!

Aber nein, niemals! Ich hasste diesen Traum. Ich wünschte, ihn niemals geträumt zu haben. Ich verfluchte Jenny. Obwohl es nicht ihre Schuld war, dass sie in meinem Traum in Hotpants vor mir stand. Ich streichelte durch ihre Haare und über ihr Gesicht, während unsere Zungen miteinander tanzten. Die Gedanken an diesen Traum waren so real. Ich zog das Kissen unter meinem Kopf hervor und drückte es aus Verlegenheit auf mein Gesicht. Bitte, lieber Gott, lass Jenny heute nicht in der Schule sein. Was war, wenn ich an diesen Traum zurückdachte und Jenny neben mir stand? Ihr in die Augen zu schauen wäre unmöglich. Ich schielte auf meinen Wecker. Noch zwanzig Minuten bis mein Stiefvater mich rüde wecken würde. Ich kam ihm zuvor, schnappte meine Klamotten vom Vortag und flüchtete ins Bad. Schließlich war es die Dusche, die mir die Realität von diesem Montagmorgen mit jedem Strahl verdeutlichte. Und trotzdem war jeder Strahl wohltuender als ein zappelnder Schnauzer. Schnauzer! Ein besseres Wort gab es für Andreas Schuhmacher nicht.

Vierzig Minuten später verließ ich das Haus und natürlich wartete an der ersten Ecke Jenny. Wieder begrüßte sie mich mit einer Umarmung und ihre Lippen berührten meine linke Wange, was kein Vergleich zu der wilden Knutscherei aus meinem Traum war. Ich begrüßte Jenny mit einem Lächeln und einem Zittern. Dann sah ich sie vor mir stehen und wäre vor Scham gerne ein Eis gewesen, welches die Morgensonne zum Schmelzen brachte. Aber Jenny hätte mich vermutlich sogar gemocht, wenn ich als Mix aus Milch und Zucker auf den Betonplatten geklebt hätte.

»Alles okay mit dir?« Ich nickte.

»Wieso bist du denn so rot im Gesicht?«

Meine Gefühle waren mir eine Erklärung schuldig. Warum schämte ich mich für meinen Traum? Als könnte *ich* bestimmen, was ich träumte. Und ich war nicht in Jenny verliebt, sondern in die heilige Fabienne. Warum, verdammt, träumte ich nicht von Fabienne?

In der ersten Stunde hatten wir wieder bei unserem Klassenlehrer. Und der schien ein mieses Wochenende hinter sich zu haben. Nachdem er eine halbe Stunde lang versuchte, der Klasse das Thema Bruchgleichungen näherzubringen, schaute er zu mir. Ich gebe ja zu, es fiel mir von Minute zu Minute schwerer, den Worten und Zahlen unseres Klassenlehrers zu folgen, aber da war ich bestimmt nicht der Einzige im Klassenraum. Warum ging der dann ausgerechnet wieder mich an?

»Ben, meinst du, du bist mit deiner Arbeitsmoral hier richtig auf dem Gymnasium? Wenn sich ein Schüler entscheidet, ein Gymnasium zu besuchen, sollten gewisse disziplinarische Grundlagen vorhanden sein.«

Ich hätte gerne erwidert, dass ich bereits vier Jahre lang ein Gymnasium besuchte. Im Gegensatz zu den Anderen hier im Raum, die ja erst seit der siebenten Klasse aufs Gymnasium gingen. Das behielt ich aber für mich, um weiteren Ärger zu vermeiden. Stattdessen dachte ich an Kermit den Frosch und die Muppet-Show und musste grinsen. Das war aber nicht meine Absicht. Und Herr Scholz ließ sich von meinem Grinsen erfreulicherweise nicht irritieren.

»Ich bestreite nicht, dass irgendwo in dir gewisse Grundlagen schlummern. Aber langsam solltest du sie zeigen. Sonst sieht es schon nach einer Woche schlecht für dich aus.«

Jenny schob klappernd ihren Stuhl zurück und erhob sich. Ich starrte auf ihre dunkelblaue Bluse.

»Was haben Sie eigentlich gegen Ben?«

»Wie bitte? Ich habe nichts gegen irgendwen. Es ärgert mich nur, wenn Schüler auf einem Gymnasium nicht mal in der ersten Woche zeigen, was sie können. Ich sage nur zwei Sechsen, eine Fünf und eine Vier minus. Dazu drei unentschuldigte Fehlstunden. Und was auf der Schultoilette abging, wird Thema auf einer Konferenz werden. Dann wird Herr Grützemacher nicht mehr die Möglichkeit haben, in der letzten Reihe zu sitzen und Däumchen zu drehen. Aber was mischst du dich da überhaupt ein?« Die Frage von Kermit überhörte Jenny scheinbar.

»Die Fehlstunden bekam er, weil er mich nach Hause gebracht hat. Ich bin im Sport umgeknickt und konnte nicht mehr laufen. Und dafür wurde Ben bestraft. Und wurde Herr Stark bestraft, weil er mir nicht geholfen hat? Meckern Sie mit Herrn Stark, weil er mich beleidigt hat? Und Ben dreht keine Däumchen.

Es ist nur irre schwer, Ihren Worten zu folgen.«

Woaw! Das saß!

»Nochmal! Das hier ist ein Gymnasium und kein Kindergarten. Wenn du, liebe Jennifer, nicht in der Lage bist, mir zu folgen, solltest du dich fragen, ob auch du an dieser Schulform richtig bist.«

Das sagte Kermit zu einer Schülerin mit einem Notendurchschnitt von Eins. Dann passierte etwas, womit ich nicht rechnete. Nicht nach dem letzten Freitag.

»Kannst du jetzt mal deine blöde Klappe halten? Wir wollen was lernen!«

Wäre Fabienne nicht Fabienne gewesen, ich hätte in die Klasse gebrüllt, dass das die Richtige sagte. Nämlich die, die ihre Hausaufgaben von ihrer Haushälterin erledigen ließ. Aber Fabienne war Fabienne und deshalb war ich lieber ruhig.

»Ben, du meldest dich nach der letzten Stunde bitte bei mir im Lehrerzimmer!«

Schlagartig kehrte Ruhe ein. Eine Friedhofsruhe! Und ich hatte etwas, was mir den restlichen Schultag im Kopf herumschwirrte.

Fabienne schenkte mir in der Schule weiterhin keine Beachtung. Sie ließ sich stattdessen von anderen Jungs bezirzen, egal, ich war in Gedanken sowieso schon bei meiner Beerdigung. Ich sah bereits die Schlagzeile vor meinen Augen:

›Oberstudienrat beerdigt unmotivierten Schüler auf brutale Art und Weise.‹

13. Kapitel

Dieser Montag zog sich wie eines dieser Kaugummis, die unter meinem Tisch klebten. Ich wollte mich auf den Unterricht konzentrieren, in der Hoffnung, dass so die Zeit schneller verging. Das war aber schwer, denn ständig hatte ich mein persönliches Schlachtfest vor Augen. Und wenn das mit dem Zuhören doch mal klappte, war da Jenny. Nicht die Jenny, die neben mir saß, sondern die aus meinem Traum.

Die Stundenklingel beendete die Langeweile. Ich packte die Bücher und den Hefter in meinen Rucksack. Mit einem Gefühl, als hätte der Wetterdienst eine noch nie dagewesene Springflut vorhergesagt. Eine Springflut, vor welcher sich zu schützen unmöglich war. Jenny packte ihre Sachen ebenfalls zusammen und als sie neben mir stand, blieb mir nichts anderes übrig. Ich scannte sie von oben bis unten. Irgendwas hatte dieses Mädchen. Aber ich wusste nicht was. Zum Abschied drückte mir Jenny einem Kuss auf die Wange, griff ihre Tasche und ließ mich mit meiner Gefühlsachterbahn allein. Ich war nicht in Jenny verliebt. Niemals! Sie war überhaupt nicht mein Typ. Fabienne war mein Typ. Und plötzlich stand die vor meinem Tisch.

»Hast du morgen nochmal Zeit? Wir müssen unser Referat noch ausarbeiten. Marlon und Tim kommen auch.«

Das musste ziemlich blöde ausgesehen haben, als ich die heilige Fabienne mit offenem Mund anstarrte. Morgen war Dienstag und am Dienstag bat Uschi auf das Parkett. Schon in der zweiten Woche dem Training fernzubleiben ließ sich nicht mit meinem Drang nach Handball vereinbaren. Natürlich war da auch der Drang nach Fabienne, aber das Handballtraining war mir wichtiger. Vor allem wichtiger als die Schule. Und das war eigentlich Mist, aber so war es nun mal.

»Ich ... ich kann morgen nicht. Hab ... Training«, stotterte ich.

»Kannst du doch mal ausfallen lassen.«

Klar, wie Marlon. Der hatte morgen auch Training. Aber Marlon war auch nur noch Ersatztorwart. Also nicht so wichtig wie ich.

»Geht nicht«, nuschelte ich.

»Na gut, dann nicht. Machen wir es eben ohne dich.«

»Aber vielleicht kann ich ja nach dem Training zu dir kommen?«

»Klar, komm einfach. Wir sind ja da.«

Am liebsten hätte ich aus Frust meinen Kopf auf den Tisch geknallt. Es war aber nur meine Hand, die gegen meine Stirn klatschte.

Verdammt! Das Gespräch mit Herrn Scholz.

Die ganze Zeit spukte nichts anderes in meinem Kopf herum und jetzt hatte ich es vergessen. Ich ließ meine Mappe stehen, sprang auf, rannte zur Tür, stieß sie auf, es knallte. Es war ein kurzer, ohrenbetäubender Knall. Wie bei einer Sprengung von einem Gebäude. Leider war Jenny dieses Gebäude.

»Aua ...!« Jenny lachte erst, ehe sie in sich zusammenfiel. Ich bückte mich zu ihr hinunter.

»Das tut mir total leid. Ich habe dich nicht gesehen.«

»Hmmm ..., geht schon wieder. Ich wollte nur nochmal zurück-kommen, weil ich dachte, du hättest den Termin bei Herrn Scholz vergessen.«

»Der Termin ist egal. Tut es noch sehr weh?«

»Mir ist ... schwindlig.«

Meine Hautfarbe hätte an Mehl erinnert, wenn mir jemand mit Schmackes die Tür gegen den Kopf geknallt hätte, aber Jennys Teint erinnerte eher an Oliven.

»Ich glaube, ich muss mich übergeben.«

»Warte kurz.«

Ich rannte zurück in den Klassenraum und holte ..., nein, Mr. Stiefvater hatte ja mein Handy. Aber Fabienne war noch im Raum.

»Kannst du den Krankenwagen rufen?«

»Wieso denn?«

Ey, diesen Knall muss man doch gehört haben.

»Ich habe Jenny die Tür gegen den Kopf gedonnert.«

»Und deshalb soll ich einen Krankenwagen rufen?«

»Ja! Bitte!«

»Pffhh! Dafür doch nicht.«

Mir fehlte die Zeit, mich zu ärgern. Ich rannte wieder raus und sah, dass Jenny nicht mehr saß, sondern auf dem kalten Steinboden lag. Und unter ihr erkannte ich die Nudeln mit der Bolognese-Sauce, die sie in der Mittagspause in sich hineinschaufelte. Ich unterdrückte eine Träne.

»Es wird alles wieder gut. Ich kümmere mich um dich.« Jenny lächelte.

»Jetzt weiß ich, was das Sprichwort *Brett vorm Kopf* bedeutet«, stotterte sie. Ich musste grinsen. Dieses Mädchen verlor nicht einmal ihren Humor, wenn sie am Boden lag.

»Das Sprichwort kenne ich von meiner Mutter«, sagte ich.

Jenny hier allein zu lassen, war das Letzte, was ich wollte. Nur wie sollte ich sonst Hilfe holen? Ich griff Jennys Beine und zog sie aus ihrem Magenbrei heraus.

»Was wird das hier bitte?«

Die Stimme hinter meinem Rücken ließ mich für einen Moment gefrieren.

Nein! Bitte nicht! Nicht schon wieder!

Ich drehte mich um. Vor mir stand Herr Scholz. Wie letzte Woche auf dem Schul-Klo. Wir schauten uns beide mit aufgerissenen Augen an.

»Ich ..., ich habe Jenny die Tür gegen den Kopf gehauen. Aber es war ohne Absicht, ich schwöre es Ihnen. Ich habe sie nicht gesehen.«

Gehauen war die Untertreibung des Jahrhunderts. Aber trotz meiner Tiefstapelei rechnete ich mit dem Schlimmsten. Herr Scholz wühlte in seiner Umhängetasche. Dann konnte ich aufatmen. Endlich rief jemand den Krankenwagen.

»Ich weiß schon, wie wir das später unseren Kindern erzählen, wenn die uns fragen, wie der Papa die Mama zum ersten Mal flachgelegt hat.« Jenny lachte und wirkte dabei, als griff sie auf ihre letzten Kraftreserven zurück.

Kermit und ich schauten uns an. Dieses Mädchen ...

Eine Stunde später kroch ich nach Hause. Nicht auf allen Vieren, eher in gebückter Haltung. Und das Wetter passte sich meiner Stimmung an. Ein fieser Nieselregen prasselte auf mich ein. Ich liebte den ostfriesischen Regen, der oft kurz und heftig war. Aber das, was hier vom Himmel kam, ließ eher vermuten, dass jemand beim Sprechen ständig spuckte.

Ich sorgte bei Jenny für eine schwere Gehirnerschütterung, einem mehrtägigen Krankenhausaufenthalt (so sagten es die Sanitäter voraus) und mein Martyrium mit Herrn Scholz verschob dieser auf den morgigen Tag. All das, und dazu der Spuckeregen, verdeutlichten mir, dass meine Zeit in Berlin schlimmer und schlimmer wurde. Mit jedem Tag. Aber was sollte ich dagegen tun? Eigentlich müsste ich das Handballtraining morgen absagen und stattdessen zu Fabienne gehen. Aber was sollte ich bei Fabienne, wenn Tim und Marlon dabei waren? Es würde niemals so schön werden wie beim letzten Mal. Allerdings brauchte ich dringend eine gute Note in Biologie. Obwohl, ich brauche überhaupt mal eine gute Note. Egal in welchem Fach.

Ich bog in unsere Straße ein und hörte von weitem Herrn Schuhmacher blöken. Das war peinlich. Bestimmt standen die Leute in den anderen Häusern hinter den Gardinen und schauten, wo das Gebrüll herkam. Ich steckte den Schlüssel ins Schloss und schob zögernd die Haustür auf. Dann zuckte ich für einen Moment zusammen, weil es im Haus krachte. Dieses Krachen klang nicht wie eine Tür, die gegen einen Kopf knallte. Wie in der Schule. Es hörte sich eher nach Gegenständen an, die an der Wand zerschellten.

Ich schlich durch das Haus, stieg über halbausgepackte Umzugskartons die Treppe hinauf und schloss hinter mir meine Tür. Ich legte mich auf mein Bett und starrte an die Decke. Da waren so viele Aufgaben in meinem Leben und ich hatte kein Lösungsheft. Und mit welchen Aufgaben sollte ich anfangen? Für die Probleme, die meine Mutter neuerdings mit dem Schuhmann-Schnauzer hatte, war bei mir kein Platz. Da musste sie alleine durch. Ich dachte an Jenny. Keine Ahnung warum, aber plötzlich weinte ich. Einfach so. Meine Bettdecke verwandelte ich in ein übergroßes Taschentuch.

14. Kapitel

Die Tage wurden kürzer. Das merkte ich an diesem Vorabend, als mich die Sehnsucht nach Jenny nochmal aus dem Haus und Richtung Krankenhaus trieb. Wieder regnete es und die Straßenlaternen setzten ein. Dieser Berlin-Regen, die zunehmende Dunkelheit, all das passte zu meiner Stimmung.

Im Krankenhaus angekommen, fragte ich mich bis zu Jenny durch. Dann stand ich auf der Kinderstation, vor der Tür mit dem bunten Papagei. Kein Tier hätte besser zu Jenny gepasst, als ein kunterbunter Papagei mit einem lachenden Schnabel. Ich öffnete und schaute in zwei fragende Augen. Es waren die Augen von Jennys Mutter, die neben dem Krankenbett saß. Ich traute mich keinen Schritt weiter. Im Gegenteil. Ich wollte den Rückwärtsgang einlegen, wenn der Schalthebel nicht geklemmt hätte. Immerhin war ich es, dem Jenny ihren Aufenthalt im Krankenhaus zu verdanken hatte. Jennys Mutter erhob sich, machte drei Schritte auf mich zu und schloss mich zur Begrüßung in ihre Arme.

»Hi, ich bin Susi. Schön, dass du gekommen bist.«

Das war ja wohl das Mindeste. Aber warum war die Mutter so nett zu mir? Ich schaute zu Jenny. Die Beule an ihrem Kopf ähnelte einem Golfball, den jemand in ein Tintenfass tauchte. Aber Jenny schenkte mir zur Begrüßung ein Lächeln, welches man jemandem schenkt, den man gerne wiedersieht.

»Wie war dein Gespräch mit Herrn Scholz? Weißt du jetzt, warum er dich nicht mag? Ich verstehe das ja nicht. Ich mag dich total. Wirklich. Aber man muss ja nicht immer von allen gemocht werden. Wichtig ist nur, dass man sich selber mag.«

Jenny redete und redete. Und diesmal nervte es überhaupt nicht. Auch nicht, als sie diesen Spruch raushaute, den ich auch von meiner Mutter kannte. Man muss nicht von allen gemocht werden. Wichtig war, dass man sich selber mochte. Aber mochte ich mich selbst? Ich wusste ja nicht einmal, wer ich war. Ich hatte das Gefühl, mich gar nicht zu kennen. Schwierig, jemanden zu mögen, den man nicht kannte.

15. Kapitel

Natürlich blieb der Stuhl neben mir am nächsten Tag leer. Der Unterricht rauschte wie ein entgegenkommender Zug an mir vorbei, während ich in *dem* Zug saß, dessen Fahrziel die Hölle war. Doch das Gespräch mit Herrn Scholz, über welches ich mir so lange den Kopf zerbrach, es war mir inzwischen egal. Wenn er mich anbrüllte, würde ich einfach meine Ohren schließen und die gleichen Gedanken haben, wenn mich der Schnauzer zulaberte.

Gleich hast du es hinter dir.

Ich wusste selber, dass alles gegen mich lief, seit ich in Berlin wohnte. Nichts klappte. Gar nichts. Doch das Gespräch verlief anders als erwartet. Herr Scholz und ich waren nach der letzten Unterrichtsstunde allein im Klassenraum. Kermit griff einen Stuhl und setzte sich an meinen Tisch. Aber nicht neben mich. Er setzte sich so, dass er mir gegenübersaß. Und dann passierte etwas, wenn mir *das* vorher jemand gesagt hätte, nichts hätte mich mehr vor Lachen auf dem Stuhl gehalten. Herr Scholz beugte wieder seinen Kopf nach vorne und schaute mir tief in meine Augen. Ich versuchte, und das fiel mir wirklich schwer, seinem Blick nicht auszuweichen. Mein Klassenlehrer überschüttete mich mit Lob, weil ich mich so rührend um Jenny kümmerte.

Jetzt bloß nicht schauen, als verstünde ich das nicht.

Aber ich begriff es nicht. Ich war es doch, der Jenny die Tür gegen den Kopf schlug. Dann war es auch meine Pflicht, mich um sie zu kümmern. Meine Mutter sagte immer, wenn man einen Fehler macht, muss man ihn wiedergutmachen. Erst recht, wenn es ohne Absicht war. Dann griff Herr Scholz meine Hand und packte sie zwischen seine Hände, die sich wie zwei Stromschienen anfühlten. Ich zitterte, weil mir das unangenehm war. Aber auch das behielt ich für mich.

»Du bist ein so toller Mensch. Das weiß ich. Ich glaube an dich. Immer. Das verspreche ich dir. Aber zeige doch endlich, was du kannst. Du hast so viele Qualitäten. Verkaufe dich nicht unter Wert. Das hast du nicht nötig.«

Diese Sätze von Herrn Scholz sorgten für seltsame Gefühle. Und genau diese seltsamen Gefühle schienen, seit ich in Berlin wohnte, eine Flatrate bei mir gebucht zu haben. Herr Scholz zeigte sich in dem Gespräch so gefühlsbeladen. So empfindsam habe ich noch nie einen Lehrer mit einem Schüler reden hören. Komisch war das.

Am Nachmittag stand wieder Handballtraining an. War aber schwierig, weil in meinem Kopf kein Platz für Handball war. Da geisterten so viele andere Dinge herum. Jenny, Fabienne, Kermit. Marlon war nicht beim Training. Er meinte, er wäre krank. Ich habe dazu nichts gesagt. Das war seine Angelegenheit. Sollte der sich doch mit Fabienne treffen. In der Abschlussrunde erzählte uns Uschi, dass am Samstag das erste Ligaspiel stattfinden würde. Anschließend verzogen sich die anderen Jungs in die Kabine und Uschi zog mich zur Seite.

»Ben, ist alles in Ordnung bei dir? Du wirkst, als belaste dich etwas.«

Ich reagierte nicht auf Uschis Frage. Nicht, weil es nicht stimmte, was sie sagte. Ich wusste einfach nicht, wo ich anfangen sollte. Meine Gefühle schmeckten nach Apfelkuchen mit Chili. Jenny, Fabienne, die Situation zuhause, dazu die Worte von Herrn

Scholz, heute nach Schulschluss. Da waren so viele Sachen, die ich einordnen musste, das Regal in meinem Kopf bestand aber nur aus einem Schubfach. Und das war nicht besonders groß.

Nach dem Training setzte ich mich in den Bus und fuhr zu Fabienne. Ich klingelte am Gartentor, aber niemand öffnete. Nicht einmal die Haushälterin.

16. Kapitel

Ich war wie ein ferngesteuerter Roboter ohne Fernsteuerung. Nichts konnte mich mehr kontrollieren. Und ich mich selber schon gar nicht. Da waren ein paar einstudierte Abläufe wie zur Schule laufen und sich in den Klassenraum setzen. Der Rest war ohne jede Kontrolle.

Herr Scholz bat Fabienne und ihre Gruppe, für ihren Vortrag nach vorne zu kommen. Ich fühlte mich auch angesprochen, stand aber nur links von den anderen und sagte nichts. Auch, weil ich gestern der Vorbereitung auf den Vortrag das Handballtraining vorzog. Und später öffnete niemand, als ich bei Fabienne klingelte. Ich stand vorne, ohne Zettel, und starrte die ganze Zeit auf den leeren Platz neben mir. Da, wo Jenny sonst saß. Ich kann nicht sagen, wie lange wir vor der Klasse standen, weil sich meine Gedanken nicht kontrollieren ließen. Die waren lieber bei Jenny.

»Ich danke euch!«, sagte Herr Scholz.

Wir setzten uns, irgendwer meldete sich, sagte etwas zu dem Vortrag, andere meldeten sich ebenfalls und ein dünner Mädchenarm meinte, dass ich nichts gesagt hätte. Am Ende erhielten Fabienne, Marlon und Tim jeweils eine Zwei. Meine Note erfuhr ich nicht. Ich konnte sie mir auch denken. Es war egal, wie sehr ich mich anstrengte, in welche Richtung ich schwamm, ich sah sowieso kein Land. Wobei ich für das Referat natürlich mehr hätte tun müssen. Es war mir aber nicht wichtig genug. Dann wieder ein einstudierter Ablauf. Der Gang zur Sporthalle. Leistungskontrolle im 30-Minuten-Ausdauerlauf.

Ich wärmte mich nicht auf. Daran änderten auch die Sprüche von Generalfeldwebel Stark nichts. Wir stellten uns für den Start auf und als dieser ertönte, knallten bei mir alle Sicherungen heraus. Ich startete als Letzter, überholte das gesamte Feld und rannte in einem Tempo, dass unseren Sportlehrer zu der Äußerung hinreißen ließ, dass dies ein Ausdauerlauf wäre und ich so keine drei Minuten durchhalten würde. Er irrte. Ich war auf der Jagd nach mir selbst. Mit dem ersten Seitenstechen bekam ich das Gefühl, mir endlich nah zu sein. Endlich spürte ich mich wieder. Ich überrundete die ersten Mädchen und rannte weiter. Höre auf die Signale, die dir dein Körper sendet. So sagte meine Mutter oft, wenn mir etwas wehtat.

Nein Mama, ich höre nicht auf diese Signale.

Meine Beine wurden mit jedem Schritt schwerer, ich hatte Seitenstechen, der Schweiß brannte in meinen Augen, doch stehen bleiben war unmöglich. Mein Hals war nur noch eine Wüste. Egal, ich rannte und genoss es, jedes schmerzende Signal in mir zu ignorieren. Ich dachte an Jenny und mir schossen Tränen in die Augen. Und während ich weiter rannte, dämmerte es mir. Es war wie eine Erleuchtung, die mir in diesem Moment aufzeigte, dass es Jenny war, die die Fernsteuerung für mich besaß.

Die dreißig Minuten waren abgelaufen. Ich blieb stehen und schaute mich um.

»Nicht stehenbleiben. Gehen sollst du!«, brüllte Stark. Sollte er doch brüllen. Etwas anderes konnte der sowieso nicht.

17. Kapitel

Als ich an diesem Tag die Tür vom Krankenzimmer öffnete, war Jennys Mutter nicht da. Jenny saß zeichnend im Bett.

»Moin«, sagte ich. Und was sagte Jenny? Genau das, was ich fühlte.

»Endlich bist du da. Du hast mir gefehlt.«

Du hast mir auch gefehlt. Aber das kann ich dir doch nicht sagen.

Ich zog mir den braungepolsterten Stuhl heran und setzte mich neben das Bett. Und Jenny grinste mich an. Sie grinste wie jemand, der voller Fröhlichkeit war. Das machte mich etwas verlegen. Ich schielte zur Zimmerdecke und lauschte dem eintönigen Summen der Glühbirnen. Dabei wollte ich Jenny doch so viel mitteilen. Doch mehr als die üblichen Phrasen bekam ich nicht heraus.

»Gehts dir schon besser?«

»Klar, muss auch nicht mehr lange hierbleiben.«

»Zum Glück. Die Schule ist ohne dich noch langweiliger.«

»Hast du mir die Hausaufgaben mitgebracht?«

Ich nickte, griff meinen Rucksack und zog sämtliche Hefter heraus. Den gelben für Mathe, den roten Englischhefter mit den Vokabeln, den orangefarbenen Übungshefter, dazu noch den grünen Deutschhefter. Jenny räumte den kleinen Tisch, der sich über ihre Beine streckte, frei und legte das Bild, an dem sie eben noch malte, auf den Nachttisch neben das Bett. Ich warf nur einen flüchtigen Blick auf die Bleichstiftzeichnung, aber das, was ich erkennen konnte, zwang mich, genauer hinzusehen.

»Wer ist das?«

»Erkennst du nicht?«

»Doch, ich glaube schon.« Ich glaubte nicht, ich wusste, dass Jenny uns malte. Wie wir uns küssten.

»Du bist verrückt.«

»Wieso? Ich würde dich gerne küssen.« Ich schmunzelte. Wieder aus Verlegenheit. Dann merkte ich, dass Jennys Finger über meine Hand streichelten. Ganz langsam. Gänsehaut überzog meinen Körper. Ihre Finger waren weich. Wie Seide. Ich wehrte mich nicht gegen ihre Berührungen. Nein, ich genoss sie. Genauso, wie ich jetzt ihr Lächeln genoss.

»Wie lief dein Referat mit der Tussi?«

»Keine Ahnung. Ich habe ja nichts gesagt.«

»Wie meinst du das?«

»Die anderen haben sich gestern bei Fabienne getroffen, um den Vortrag vorzubereiten. Ich wollte aber nicht.«

»Und was hat dir Herr Scholz dann für eine Zensur gegeben?«

»Die anderen haben alle eine Zwei bekommen. Meine hat er nicht gesagt.«

»Autsch. Klingt nicht gut.«

»Egal.«

Ja, mir war es wirklich egal. Ich hatte keine Lust, darüber zu reden und überlegte, wie ich das Thema wechseln konnte.

»Du hast nette Eltern«, sagte ich schließlich.

»Dankeschön. Die finden dich auch supernett. Aber du musst mich deinen Eltern auch noch vorstellen. Das gehört sich so.«

Ich erinnerte mich an das Geschrei, an die herumfliegenden Gegenstände, und ich stellte fest, dass auch dieses Thema nicht zu denen zählte, über die ich gerne sprach. Viel lieber hörte ich

Jenny zu, die so viel redete, wie sie lachte.

Draußen leuchteten bereits die Laternen, als ich auf die Uhr sah, die über Jennys Bett hing. Die Zeit raste davon. Das würde zuhause wieder Ärger geben. Mit Sicherheit würde es den geben. Und aus diesem Grund hatte ich keine Lust, mich auf den Heimweg zu machen. Hier, bei Jenny, fühlte ich mich geborgen. Geborgenheit! Ein Gefühl, dass ich nicht kannte. Zehn Minuten später schlürfte ich dann doch durch die Automatiktür des Krankenhauses. Am Himmel leuchteten schon die Sterne, auf den Straßen erkannte ich nur noch vereinzelt Menschen und die abendliche Kälte empfahl mir dringend, meine Jacke zu schließen. Ich zog den Reißverschluss bis zum Anschlag hinauf und drehte mich noch einmal um. Dann blickte ich nach oben und dachte, dass eines der vielen beleuchteten Fenster das Fenster von Jenny war. Eine gefühlte Ewigkeit schaute ich hinauf, lief dabei aber weiter. Was dazu führte, dass ich, wie sollte es anders sein, über meine eigenen Beine stolperte und Mühe hatte, mein Gleichgewicht zu halten.

Nach ein paar Umwegen und zu vielen Gedanken, über die ich mir auf dem Heimweg den Kopf zerbrach, kramte ich meinen Schlüssel hervor. Ich steckte ihn ins Schloss der Haustür und hörte bereits das Geschrei von Annabell. Ich schob die Tür auf, machte einen Schritt in den Flur und vernahm zu dem Geschrei stöhnende Geräusche aus dem Schlafzimmer.

18. Kapitel

Der Herbst nahte. Und es hatte etwas Faszinierendes, der Natur beim Sterben zuzusehen. Zum ersten Mal in meinem Leben nahm ich es bewusst wahr, dass die Blätter von den Bäumen fielen und Blumen verwelkten. Das erinnerte mich an die Situation zuhause, weshalb ich froh war, nicht zuhause sein zu müssen.

Das Wochenende war eine Mischung aus Himmel (am Samstag beim Handball) und Hölle (sonntags mit meiner Mutter). Am Samstagmittag klang es, als hebe der Herbststurm das Dach der Halle an, in der wir uns für unser erstes Ligaspiel warmmachten. Der Regen drosch gegen die von Graffiti gezierte Glasscheibe, was wie Applaus klang. Doch ob wir uns den verdienten? Mich beflügelte der Regen. Regen, wie ich ihn aus Ostfriesland kannte. Endlich etwas Heimatgefühl. Aber an dem Regen lag es nicht, dass der Ball, noch während wir uns erwärmten, einen Teil meiner primären Geschlechtsmerkmale (wie Herr Scholz es nennen würde) zu Rührei verarbeitete. Der Schmerz war aber nur von kurzer Dauer, denn das, was ich auf der Tribüne sah, lenkte mich nicht nur ab. Das Geschehen auf der Tribüne forderte meine ganze Aufmerksamkeit. Wobei eigentlich nichts passierte, außer dass ich Herrn Scholz in der dritten Reihe erkannte. Wollte der sich in der Halle nur vor dem Regen schützen oder wollte er mich mit seiner Anwesenheit ärgern? Der nächste Ball prallte an meinem Kopf ab. Meine Mitspieler kringelten sich vor Lachen. Ich erkannte Jenny mit ihren Eltern. Sie mussten direkt aus dem Krankenhaus zur Halle gefahren sein. Mich hielt nichts mehr im Tor. Als hätten wir uns drei Jahre nicht gesehen, rannten wir aufeinander zu und fielen uns in die Arme. Keine Ahnung warum, aber ich wollte Jenny nicht mehr loslassen. Nie mehr. Jetzt, wo sie da war, hatte ich das Gefühl, komplett zu sein. Jetzt, wo sie da war, war ich für das Spiel bereit. In unserem ersten Saisonspiel hatten wir nicht den Hauch einer Chance. Nach fünf Minuten lagen wir schon mit sieben Toren zurück und warfen selbst noch nicht eins. Mir war das aber egal. Für mich zählte nur, dass Jenny da war. Ich hatte keinen Blick für den Ball, schaute lieber auf die Tribüne, wenn es das Spiel zuließ. Aber leider saß da auch mein Klassenlehrer. Klar, ich wehrte ab und an mal einen Ball ab, aber das Endergebnis von 4:25 verhinderte auch ich nicht. Wobei, so wie wir uns anstellten, waren allein die vier Tore, die wir warfen, ein Wunder.

Uschi und Herr Scholz begrüßten sich mit einem Kuss auf die Wange. Man schien sich zu kennen. Aber über meine Noten in der Schule hatten sie sich nicht ausgetauscht, sonst hätte Uschi garantiert ein anderes Bild von mir. Beide kamen auf mich zu.

»Darf ich dir meinen Sohn vorstellen? Ihr kennt euch ja bereits.«

Meine Handballtrainerin war die Mutter von meinem Klassen-lehrer? Dann sah die auf jeden Fall jünger aus, und mein Lehrer älter, als er war.

Beide schauten mich erwartungsvoll an. Ich war aber nicht in der Lage, etwas zu sagen. Dann stürmte Jenny auf mich zu. Ihre Arme, die sie nach links und rechts ausstreckte, drückten absolut meine Gefühle aus. Und während wir uns in den Armen lagen, schnatterte Jenny drauf los.

»Kommst du nächsten Samstag?«

»Was? Wohin?«

»Ich habe nächste Woche Geburtstag.«

Mist. Das wusste ich nicht. »Klar, ich komme gerne. Wer kommt denn noch?«

»Nur du und ich.«

Der Sonntag plätscherte dahin. Zuhause herrschte Schweigen im Walde. Mal abgesehen von Annabell. Die brüllte den ganzen Vormittag, als rannte eine Herde Wölfe hinter ihr her. Immerhin rückte meine Mutter wieder mit meinem Handy heraus.

»Hier, wenigstens du sollst glücklich sein«, sagte sie mit belegter Stimme, als sie mein Zimmer betrat und ich am Schreibtisch saß. Die Rückgabe meines Telefons hob meine Laune, das gebe ich zu, aber um glücklich zu sein, brauchte ich kein Handy. Dafür brauchte ich Jenny. Und sonst nichts.

Den Nachmittag verbrachte ich mit Lernen. Ja, ich wollte es allen Lehrern zeigen. Ich war nicht so schlecht, wie es meine Noten erzählten. Zwei Lernkontrollen waren für die kommende Woche angekündigt, aber ich bereitete mich in allen Fächern auf einen möglichen Test vor. Egal ob mündlich oder schriftlich. Es war höchste Zeit, allen zu beweisen, was ich draufhatte.

Als draußen die Dunkelheit einsetzte, schrieb ich Jenny eine SMS: ›Ich freue mich auf dich.‹

Ich packte mein Handy wieder weg und mich ins Bett. Irgendwoher hörte ich meine Mutter weinen.

19. Kapitel

Dann war der Montag wieder da. Aber es war es ein anderer Montag als die, die ich bisher in Berlin erlebte. Jenny an der Straßenecke zu treffen, motivierte mich inzwischen, aufzustehen. Außerdem waren alle meine Hausaufgaben erledigt, ich hatte sämtliche Hefter studiert und spitzte sogar die Stifte in meiner Stiftetasche an. Ich hatte keine Zweifel. Dieser Montag wurde besser als die, die ich bisher in Berlin erlebte.

Die Zeit im Badezimmer verdoppelte sich durch meine Vorfreude auf Jenny. Zum ersten Mal ließ ich einen Einweg-Nassrasierer über meine Haut gleiten (den Zehnerpack kaufte ich heimlich in der Drogerie). Und abgesehen von zwei minimalen Schnittwunden ließ sich das Ergebnis sehen. Auch wenn es natürlich noch nicht viel zu rasieren gab. Gelohnt hatte es sich trotzdem. Zehn Minuten später zog ich die Haustür hinter mir zu und marschierte Richtung Straßenecke. Am liebsten wäre ich gerannt, aber das hätte blöd ausgesehen. So fühlten sich bestimmt die Autofahrer, wenn sie nur langsam fahren durften, obwohl sie es eilig hatten. Genauso erging es mir.

Dann sah ich Jenny, sie sah mich, wir rannten aufeinander zu und bremsten erst kurz vor dem anderen ab, ehe wir uns in die Arme fielen. Diesmal traute ich mich, auch Jennys Wange mit meinen Lippen zu berühren. Nur kurz. Die Haut in ihrem Gesicht war weicher als ihre Hand, mit der sie mich im Krankenhaus streichelte. In der Schule hörte man über drei Ecken, dass Marlon mit Fabienne zusammen war. Mir war das egal. Jenny war jetzt mein größtes Glück. Die Lernkontrolle in Biologie gab ich mit einem hoffnungsvollen Gefühl ab, und auch Herr Scholz war, seit diesem komischen Gespräch und dem Besuch in der Sporthalle, netter zu mir. Ich hatte dafür noch immer keine Erklärung, konnte mit dem Ergebnis aber leben.

Im Unterricht mit Frau Deutschländer schob mir Jenny einen Zettel zu.

›Du hast genauso tiefblaue Augen wie Herr Scholz.‹

Ich hatte keine Ahnung, wie sie, mitten im Unterricht, darauf kam, aber Jenny schaffte es ja immer wieder, mich zu überraschen. Ich kritzelte: ›Aber du hast die schönsten und geheimnisvollsten Augen der Welt‹ auf den Zettel und schob ihn zurück.

Und das stimmte. Geheimnisvoll, weil man das Glitzern in ihren Augen nicht sofort sah. Sie trug ja eine Brille. Aber wenn sie die nicht trug, badete ich in ihren funkelnden, schokobraunen Augen. Ihre Augen drückten etwas aus, was sich wie wohlfühlen und Liebe anfühlte. Dann schob mir Jenny den Zettel erneut zurück. Ich las und staunte. Sie fragte mich nicht. Sie schrieb es so, als ließe sie mir keine Wahl.

›Ich will nachher mit zu dir kommen.‹

›Klar, kannst du machen‹,

antwortete ich. Dann schrieb sie noch einmal.

›Ich will dich küssen.‹

Mein Körper mutierte zu einem Heizkessel. Ich hustete. Alles um mich herum begann sich zu drehen. Immer schneller. Meine Antwort darauf fiel dementsprechend aus.

›Oh!‹

Jenny las meine Antwort, und kurz darauf füllte ihr Lachen nicht nur den Klassenraum. Man hörte es bestimmt im gesamten Schulgebäude.

Als wir nach dem Unterricht durch das Schultor schlichen,

sah ich, wie Marlon und Fabienne sich küssten. Obwohl, das sah eher nach Auffressen aus. Nein, so sollte mein erster Kuss mit Jenny nicht sein. Und auch nicht mein Zweiter oder Dritter. Ich unterdrückte einen Brechreiz, hatte aber Schwierigkeiten, nicht hinzusehen. Als Jenny und ich mein Zuhause erreichten, schloss ich vorsichtig die Haustür auf, im Korridor zogen wir zügig unsere Schuhe aus, Jenny griff meine Hand und wir verschwanden in meinem Zimmer. Schnauzbart-Schuhmacher, der auf dem Sofa im Wohnzimmer saß und rauchte, beachteten wir nicht. Oder fast nicht.

»War das dein Vater da unten?«

»Stiefvater!«

»Ach so!«

»Ist ein Arschloch!«

»Zumindest wirkt er ganz schön Oldschool.«

»Wie meinst du das?«

»Naja, Birk sagt immer, die absolute Härte sind Oberlippenbärte.«

Ich konnte nicht mehr. Ich fiel auf das Bett, kringelte mich und hielt mir den Bauch. Ich brachte keinen Ton mehr heraus und japste nach Luft. Wann ich das letzte Mal über einen so blöden Spruch lachte? Ich wusste es nicht. Als ich mich wieder beruhigte, setzten wir uns auf den Boden, breiteten unsere Hefter und Bücher aus und erledigten unsere Hausaufgaben. Die ersten Minuten ging das noch gut, bis Jenny mich mit ihrem Blick fixierte.

»Was ist?«, fragte ich, ohne sie anzusehen.

»Ich finde dich voll süß.«

»Ich glaub ..., wir müssen noch Mathe machen«, versuchte ich, das Thema zu wechseln.

»Wie viele Kinder möchtest du eigentlich später mal haben?«

Wie kamst du denn jetzt darauf? Und was hatte diese Frage mit Mathe zu tun?

»Weiß nicht!«, antwortete ich ehrlich.

»Wenn unsere Kinder alle so werden wie du, dann will ich ganz viele.«

Das war mir fast schon zu viel Schleimerei.

»345-7x= 26. Wie rechnet man das?« Wieder versuchte ich, das Thema zu wechseln. Das war aber nicht nötig. Diesen Part übernahm meine Mutter, die in mein Zimmer platzte, meinen Besuch erkannte und zurückschreckte. Ich schreckte auch zurück. Wegen des Veilchens, welches ihr linkes Auge schmückte. Jenny sah es ebenfalls. Sie starrte meine Mutter an und tastete gleichzeitig nach meiner Hand. Am Abend zogen Jenny und ich wieder unsere Jacken über. Es stand außer Frage, dass ich sie nach Hause brachte. So entkam ich auch dem Abendessen mit meiner Mutter, Annabell und dem Schnauzer. Wir traten in die Dunkelheit und ich zog leise die Haustür ins Schloss. Jenny drehte sich um. Zart griff sie nach meinen Händen und schaute mir tief in meine Augen. Es war soweit. Mein erster Kuss. War ich schon bereit dazu? Obwohl, mit Jenny war ich zu allem bereit. Zwei Finger ihrer Hand streichelten über meine Wange. 100.000 Volt durchzuckten meinen Körper. Dann küsste sie mich nicht. Die Worte, die sie stattdessen sprach, sollten mich nie wieder loslassen.

»Bleib lieber bei deiner Mama. Ich glaube, die braucht dich ganz dringend.«

Jenny lächelte und ging. Ein paar Mal drehte sie sich um und winkte. Am liebsten hätte ich ihr hinterhergerufen, dass ich sie brauchte. Nur sie. Nicht meine Mutter. Nur sie allein.

20. Kapitel

Am Tag darauf saßen Jenny und ich wieder im Unterricht. Im Klassenraum herrschte ein tristes Grau. Trotzdem erkannte ich die Note auf dem Blatt vor mir deutlich. Es war die Lernkontrolle, die wir gestern geschrieben hatten. Die Zwei sah zwar nicht aus wie eine Zwei, viel eher erinnerte sie an einen Schwan mit einem lachenden Smiley daneben, und trotzdem fielen ganze Felswände von mir ab. Ich hörte die Stimme meiner Mutter im Ohr. Aller Anfang ist schwer. Das stimmte wohl. Jenny hatte natürlich eine Eins. Fabienne übrigens auch.

In der großen Pause standen wir abseits von den anderen auf dem Hof, Jenny redete und redete, ich genoss jedes Wort von ihr, bis ich Herrn Scholz auf uns zukommen sah.

»Ich wollte euch nur zur gegenseitigen Partnerwahl beglückwünschen.«

Was sollte das denn bitte?

»Jenny, du musst gut auf Ben aufpassen, der muss an der kurzen Leine gehalten werden.«

Jenny lächelte, dann spürte ich, wie ihre Hand meine Hand nahm.

»Wie hat der das denn gemeint? Ich bin doch kein Hund«, empörte ich mich in einer Lautstärke, dass nur Jenny mich hören konnte. Aber vielleicht hatte unser Klassenlehrer recht und ich war wie ein Hund. Aber dann brauchte ich keine Leine, denn ohne Jenny wollte ich nirgendwo mehr hingehen. Und ich war mir sicher, sie fühlte genauso.

Nach der Schule kam Jenny mit zum Handballtraining und

ihre Anwesenheit setzte in mir Kräfte frei. Kräfte, die ich bis vor kurzem noch nicht kannte. Ich gab mein Bestes und alles klappte. Wie von selbst. Ich schwebte wieder auf Wolke Sieben. Am anderen Ende der Halle erkannte ich Fabienne. Sie schaute wohl Marlon zu. Aber war es nicht komisch, jemandem zuzuschauen, der nur Ersatztorwart war und im ersten Ligaspiel nur fünf Minuten im Tor stand? Aber mir konnte es egal sein. Jenny schaute dem besseren Torwart dabei zu, wie der die Bälle abwehrte und weite Pässe nach vorne warf. Und das so gezielt, dass jeder aus unserer Mannschaft sie fangen konnte. Und das musste man erstmal schaffen.

»Das sind ja Zauberpässe!«, hörte ich Uschi rufen. Und sie hatte recht. Wenn Jenny dabei war, war das Leben eine Zaubershow, in der selbst die schwersten Tricks gelangen.

Nach dem Training verabschiedete sich Jenny und ich verschwand in der Umkleidekabine. Im Schneckentempo pellte ich mich aus meinen Sportklamotten.

Nach zehn Minuten waren alle Jungs weg und ich schaute der Deckenlampe beim Flackern zu. Ich hörte, wie der Wasserhahn rhythmisch tropfte und die Heizung summte. Ich blieb weiter auf der Holzbank sitzen, denn die einzige Alternative war, nach Hause zu gehen. Aber dort warteten Augen, welche blutunterlaufen waren, und Geschrei. Dort wartete meine Mutter, die gebückt durchs Haus schlich. Und dieses Wissen fesselte mich weiter an die Holzbank.

Natürlich ließ sich der Heimweg nicht ewig hinauszögern. Als ich irgendwann die Sporthalle verließ, spazierte ich noch stundenlang durch die Gegend, setzte mich auf Parkbänke und wartete auf die Nacht, denn dann war es dunkel. Und im Dunkeln war die Möglichkeit größer, meine Mutter nicht zu sehen. Ich dachte auch daran, zu Jenny zu gehen, aber ihre Eltern hätten sich über abendlichen Besuch bestimmt nicht erfreut gezeigt. Oder sie hätten gefragt, wieso ich nicht nach Hause möchte. Was unangenehm gewesen wäre.

Um 21:30 Uhr war die Hoffnung so groß, von meiner Mutter nicht gesehen zu werden, dass ich die Haustür leise aufschloss und mich durch den schwarzen Flur zur Wendeltreppe und dann weiter Richtung Fluchttür tastete. Ich fand die Klinke meiner Zimmertür, trat ein und fühlte mich, als hätte jemand gerufen:

Stopp! Keinen Schritt weiter!

Trotz der Dunkelheit erkannte ich, dass hier etwas anders war. Meine Mutter lag in meinem Bett und hielt Annabell im Arm. Es lag nicht daran, dass beide in meinem Zimmer waren und auf meinem Bett lagen. Eher hatte ich Angst vor dem weshalb. Deshalb blieb ich auch erstmal in der Tür stehen.

»Mama?«, fragte ich flüsternd und mit zusammengekniffenen Augen. Meine Mutter zuckte zusammen. Wie eine 100-Jährige raffte sie sich auf und saß im Bett.

»Oh, ..., ja, ..., entschuldige. Ich habe mich nur etwas ausruhen wollen.« Meine Mutter schaltete die Nachttischlampe an und rieb sich die Augen. An ihrem Mund erkannte ich getrocknetes Blut.

»Mama ...« Ob sie erkannte, dass mir bei ihrem Anblick zum Heulen zu Mute wurde? Auf Zehenspitzen schlich ich auf sie zu und setzte mich ebenfalls auf die Bettkante. Ich hörte Annabell, die im Schlaf gurgelte.

»Alles okay! Wirklich!«

Wann hatte mich meine Mutter das letzte Mal dermaßen angelogen? Aber wenn ich das tat ...

»Mama, du musst dich von ihm trennen.«

»Es ist nicht so, wie es aussieht.«

Du Lügnerin. Was kam denn als Nächstes? Verkaufst du mir das rote Zeug an deiner Lippe als Ketchup?

»Mama, entschuldige, was ich jetzt sage, aber du siehst echt scheiße aus.« Ihr leises Lachen verdeutlichte, dass sie verstand, wie ich das meinte.

»So ein schönes Kompliment hat mir lange niemand mehr gemacht.«

»Wo ist er?«, fragte ich zögernd.

»Ich weiß es nicht.«

»Mama, so kann es doch nicht weitergehen.«

»Es ist wirklich alles nicht so schlimm.«

Mir reichte es. Hier brauchte jemand eine deftige Ansage. Ich stand auf. Obwohl, nein, ich stand nicht nur auf. Ich baute mich vor meiner Mutter auf.

»Mama, denkst du, ich bin bescheuert? Denkst du, ich bekomme nicht mit, was hier abgeht? Denkst du, es interessiert mich nicht, wenn du mit blutender Lippe in meinem Bett liegst? Und dann sagst du, es ist alles nicht so schlimm? Ich glaub, es hackt. Und weißt du, was ich noch glaube? Du belügst nicht nur mich, sondern auch dich selber.«

Herr Benjamin Grützemacher, das war eine reife Leistung. Gratulation!

Meine Mutter senkte beschämend ihren Kopf. Ich setzte mich wieder neben sie.

»Mama ...«

»Es tut mir leid!«

Wieso tat es dir denn leid? Euch Erwachsenen soll einer verstehen.

»Was hat er gemacht?«

»Er hat nur ein bisschen viel getrunken.«

»Und?«

»Er konnte nichts dafür.«

»Wie jetzt? Hast du ihn gefesselt und ihm sein Bier und seinen Schnaps zwangseingeführt? Natürlich kann er was dafür.«

»Ach Ben ...« Meine Mutter legte ihren Kopf auf meine Schulter. »Das ist eine blöde Zeit im Moment.«

Stimmte das, was meine Mutter sagte? Ich dachte an Ostfriesland und an Jenny. Nein, diese Zeit war alles andere als blöd. Wir schwiegen eine Weile.

»Ich weiß wirklich nicht, was ich falsch mache. Warum muss das immer mir passieren?«

Ich wusste, worauf meine Mutter anspielte. Hier drohte, nein, ihre dritte Beziehung *war* am Sinken. Wie ein leckgeschlagenes Schiff, dass sich nicht mehr steuern ließ. Erst ging sie mit meinem leiblichen Vater, den ich nie kennenlernte, unter, dann mit Siegfried, und jetzt mit Schnauzbart-Schumacher. An diesen Siegfried erinnere ich mich auch nur dunkel und kannte ihn eigentlich nur betrunken. Und das Einzige, was er hinterließ, war ein bescheuerter Hintername, den meine Mutter nicht wieder ablegte.

»Mama, es liegt nicht an dir. Du kannst nichts dafür.«

»Soll ich dir was sagen?« Eine Antwort wartete meine Mutter nicht ab. »Ich habe die Schnauze voll von Männern.«

»Das verstehe ich. Das hätte ich auch, wenn ich du wäre.« Wieder schwiegen wir.

»Wieso ging das eigentlich schief damals mit meinem richtigen Vater?«

»Ach, das war eine komische Zeit.« Meine Mutter blickte aus dem Fenster. Das wirkte fast schon sehnsuchtsvoll.

»Wir lernten uns im Studium kennen. Wir lachten so viel und

konnten nicht mehr ohne den anderen.«

Woaw, das klang wie bei mir und Jenny. Nur lernten wir uns nicht erst im Studium kennen.

»Aber wir merkten nicht, dass uns einzig unser gemeinsames Studium zusammenhielt. Unsere Ziele danach waren so grundverschieden. Und dein Vater war damals so kompromisslos.«

»Wie hieß mein Vater?«

»Hajo. Hajo Schierenwein.« Ich grinste.

»Echt? Gut, dass der nicht mehr hier ist. Mein Klassenlehrer heißt nämlich auch Hajo. Aber was willst du jetzt mit Andreas machen?«

»Ich weiß nicht. Das ist alles nicht so einfach, weißt du?«

»Wieso nicht? Zeig ihn an. Er darf dich nicht schlagen. Und dann schmeiß ihn raus.«

An der Reaktion meiner Mutter merkte ich, dass da was war, womit sie nicht rausrückte. Bis jetzt.

»Weißt du Ben ... ich bin schwanger.«

Ich schluckte. Schwanger! Von Andreas – ich schlage deine Mutter – Schuhmacher. O Mann! Ich dachte nicht darüber nach, wie ich auf diese Nachricht richtig reagieren sollte. Alles lief wie einstudiert ab, wie die Szene eines Theaterstücks. Ich streichelte meiner Mutter über den Rücken, um sie zu trösten. Sie legte wieder ihren Kopf auf meine Schulter, dann schloss ich meine Arme um sie. Endlich konnte meine Mutter weinen. Ich glaube, es war erleichternd. Für uns beide. Minuten später zog ich einige Decken aus dem Kleiderschrank und breitete sie vor dem Bett aus. Dann ging ich ins Bad, um den Tag mit der Duschbrause abzuspülen. Und während meine Zahnbürste meine Zähne polierte, schaute ich mein Spiegelbild an und schwor mir, Jenny niemals wehzutun. Im Gegenteil. Ich würde alles für sie tun.

21. Kapitel

Gestern zerbrach ich mir noch den Kopf darüber, ob Jennys Eltern vielleicht böse sein oder unliebsame Fragen stellen könnten, am Mittwoch war es mir dann schon egal, denn die nächsten Tage verbrachten Jenny und ich bei ihr. Ich genoss jede Minute, in der wir gemeinsam für die Schule lernten oder ich lernte und Jenny zeichnete. Es waren Tage, an denen ich schwebte. Bei Jenny auf Wolke Sieben, zuhause durch die Hölle. Aber da hielt ich mich kaum noch auf. Bei Jenny waren es Tage, an denen mir niemand etwas konnte, wenn ich Gedanken an meine Mutter verdrängte. Und ich hätte gelogen, wenn ich behauptet hätte, mir keine Sorgen um sie zu machen. Ich würde aber auch lügen, wenn ich behaupten würde, dass Jenny mich nicht, sehr oft, auf angenehmere Gedanken brachte. Der größte Unterschied zwischen Jennys- und meinem Zuhause war nicht nur, dass ihr Vater die Mutter nicht vermöbelte. Jenny nannte ihre Eltern nicht Mama oder Papa oder, wie manche es hier in Berlin taten, Mutti oder Vati. Auch nicht Mom und Dad. Sie nannte sie Susi und Birk. Birk hieß wirklich Birk. Und Susi war die Kurzform von Susanna.

Wenn ich mich doch mal nach Hause verirrte, stank es oft nach Zigarettenrauch und Schnaps. Das Haus sah mit jedem Tag chaotischer aus. Andreas Schuhmacher beachtete mich nicht mehr, was ich cool fand. Hatte zumindest ich keinen Stress mehr mit dem. Meine Mutter dafür umso mehr. Wie gerne hätte ich mit dem Oberlippenbart, oder wie Jenny ihn nannte, *die Popelbremse,* dass gemacht, was er mit meiner Mutter anstellte. In mir tobte ein Mix aus Wut und Hilflosigkeit. Und wenn ich bei Jenny war, goss diese Sahne drüber und streute etwas Zucker drauf. Am Samstagmorgen klingelte es an unserer Haustür. Ich leerte meinen Pfefferminztee, griff meine Sporttasche und stieg zu Uschi ins Auto. Die war so nett und nahm mich mit zum Spiel, welches an diesem Tag zwei Bezirke weiter stattfand. Als ich die Autotür des kleinen Fiats schloss, schaffte ich es nicht, diesen Abschiedsgedanken in meinem Kopf, der von Minute zu Minute wuchs, einzuordnen. Ich sah meine Mutter im Bademantel in der Tür stehen. Sie winkte und zwang sich ein Lächeln auf ihre Lippen. Aber auch das war es nicht. Erst am nächsten Tag bekam ich eine Antwort auf dieses Gefühl, welches ich auch hatte, als wir aus Norden nach Berlin zogen.

»Gut geschlafen?«, fragte mich Uschi, die in ihrem winzigen Fiat aussah, als hätte sie jemand hineingepresst.

»Ja!«, antwortete ich.

»Deine Mutter scheint aber nicht gut geschlafen zu haben. Sie sieht schlecht aus. Oder geht es ihr nicht gut?«

Spätestens jetzt hätte es mir doch auffallen müssen. Woher wusste Uschi, dass die Frau in der Tür meine Mutter war? Es hätte ja auch meine Tante oder sonst wer sein können.

Ich nickte nur und wechselte lieber schnell das Thema. Jetzt zählte nur Handball. Doch vorher hatte ich noch etwas Dringendes zu erledigen. Ich zog mein Handy aus der Tasche und tippte Geburtstagsgrüße für Jenny ein.

Fünfzehn Minuten später betraten Uschi und ich den großen Hallenkomplex. Uschi schlenderte gemütlich Richtung Spielfeld, ich suchte Zuflucht in *der* Spielerkabine, an welcher jemand einen Zettel mit der Aufschrift *Gast* geklebt hatte. Da stand nicht unser Vereinsname, die Mühe machte man sich nicht. Immerhin stand nicht *Verlierer* auf dem Zettel. Das hätte perfekt gepasst, aber *Gast* passte eigentlich nicht. Wenn, dann *Gäste*. Wir waren ja mehrere. Nicht genug, wie sich im Spiel noch zeigen sollte, aber ich war nicht allein. Also, noch war ich allein, weil ich der Erste von uns war, aber die anderen kamen ja noch.

Ich zog mir mein gelbes Torwarttrikot über und schlüpfte in meine Jogginghose. Dann verließ ich die Umkleide. Noch immer war ich aus meiner Mannschaft der Einzige in der Halle. Abgesehen von Uschi, aber die spielte ja nicht mit. Ich betrat die Platte. So nennt man das Spielfeld beim Handball. Dann blieb ich stehen. Das war ein Witz. Das musste ein Witz sein. Auf der Rückseite seiner Jacke stand *Trainer TSV Schöneberg*. Es war Generalfeldwebel Stark, der hier die C-Jugend trainierte. Zu meiner Überraschung marschierte Stark auf mich zu und ... reichte mir zur Begrüßung die Hand. Ich rechnete eher mit einer Art Armeegruß.

Dreißig Minuten später startete das Spiel. Und es lief wie erwartet. Obwohl, das stimmte nicht. Natürlich rechnete ich damit, dass wir hier keine Chance hatten, weil der Gegner uns sturmflutmäßig plattmachen würde. Aber das ich in den ersten Minuten keinen Ball, der auf mein Tor kam, abwehren konnte, frustrierte mich. Nach drei Minuten lagen wir mit drei Toren zurück, ohne selbst einmal aufs Tor geworfen zu haben. General-feldwebel Stark schrie sich an der Seitenlinie seine Stimmbänder wund. Was hatte der bitte für ein Problem? Seine Mannschaft führte und attackierte uns sofort, sobald wir in Ballnähe waren. Das war hier eine glasklare Angelegenheit. Aber Stark sah das wohl anders. Wenn ich ausnahmsweise mal nicht gefordert war, schaute ich zur Tribüne, auf welcher bestimmt auch Eltern von Starks Spielern saßen. Aber wieso sagten die nichts?

Immerhin behandelte Stark seine Spieler noch fieser als Jenny im Sportunterricht.

»Meine Oma kann ja besser fangen als du. Und die ist schon tot.«

»Ihr spielt, als hättet ihr einen Stock im Arsch!«

»Handball ist Krieg! Aber ihr seid keine Krieger. Ihr seid Waschlappen!«

»Solche Würfe kannst du im Bällebad bringen. Beim Handball müssen die Bälle wie aus der Kanone geschossen kommen.«

Starks Erniedrigungen waren uns nur recht. Aber Handball konnte so doch keinen Spaß machen.

Plötzlich sprintete ein Gegenspieler allein auf mein Tor zu, ich rannte nach vorne, um den Winkel zu verkürzen, da zappelte der Ball schon im Netz. 0:4. Ich schaute zu Uschi, die klatschte in die Hände und rief: »Weiter alles geben, nicht aufgeben«, und »Weiter, immer weiter!«

Ich lag auf dem Parkett, schaute zu Uschi und grinste.

In diesem Moment war ich mir sicher, ich verlor lieber sämtliche Spiele, solange ich nicht unter einem Trainer wie Generalfeldwebel Stark trainieren musste. Dann sprachen uns die Schiedsrichter einen Siebenmeter zu, den Lukas sogar verwandelte. Es stand nur noch 1:8.

Uschi ging zum Kampfgericht und nahm eine Auszeit. Und während die Jungs vom TSV Schöneberg von der Platte schlichen, klatschten wir uns ab und bildeten um Uschi einen Spieler-kreis. Wir würden auch hier wieder verlieren, natürlich, aber wir gaben alles, wir kämpften.

»Jungs, hört mal zu. Die haben acht Tore gemacht. Ist euch dabei was aufgefallen?«

»Es war meistens die 27, die die Tore warf«, antwortete ich.

»Genau. Wenn ihr die 27 kaltstellt, habt ihr hier eine Chance. Die sind nicht besser. Die haben nur einen Spieler, der aus der Mannschaft herausragt. Stoppt den, dann stoppt ihr alle. Und Ben, ist dir noch was aufgefallen?«

»Ja, leider, es war immer die linke Ecke.«

»Richtig. Mach sie zu. Konzentriere dich nur auf links. Okay?«

»Okay.«

Ausgerechnet links. Das war nicht meine schwache Seite, das würde ich nicht sagen, aber wenn die Bälle auf den rechten Pfosten kamen, war ich besser. Lag wahrscheinlich daran, dass ich Rechtshänder bin.

Das Spiel ging weiter. Und Uschi behielt recht. Ich konzentrierte mich mehr auf die linke Seite, und wenn die Nummer 27 doch nochmal zum Wurf kam, wehrte ich den Ball ab. Bis zur Halbzeit gelang es uns so, den Rückstand nicht noch größer werden zu lassen. In der Pause kreuzte mein Weg den von Herrn Stark.

»Wenn du richtigen Handball spielen willst, komm zu uns.« Ich antwortete mit einem milden Lächeln und verschwand durch die Tür Richtung Umkleideräume. Der Gedanke, dass dieser Satz das maximale Kompliment war (wenn es von Leuten kam, die den Spitznamen Generalfeldwebel trugen), kam mir nicht in den Sinn. Im Gegenteil. Für diesen Spruch schwor ich Rache.

Für die zweite Halbzeit war ich heiß. Jeder abgewehrte Ball sollte ein Stück Vergeltung sein. Vergeltung für jeden Spruch, den dieser Blödarsch Jenny und mir an den Kopf warf. Zu Beginn der zweiten Hälfte hielten wir weiter den Abstand. Was für uns ein riesiger Erfolg war. Irgendwer von uns blockte einen Wurf ab und der Ball trudelte zu mir in den Torraum. Also dorthin, wo nur der Torwart den Ball aufnehmen darf. Ich hechtete zur Kugel und warf sie nach vorne. Da stand Lukas, der den Ball ausnahmsweise mal fing, und zack, der Ball schlüpfte durch die Beine vom Schöneberger Torwart ins Netz. Wir jubelten. Es war doch egal, dass wir verlieren. Jedes geworfene Tor, jeder Pass, der ankam, war ein Erfolg. Dann sprintete wieder die Nummer 27 allein auf unser Tor zu. Ich konzentrierte mich auf die linke Seite, blonde Haare sprangen in die Luft und donnerten den Ball nach rechts. Der Ball knallte gegen den Pfosten, ich riss jubelnd die Arme nach oben, fing den Ball auf und warf diesen mit aller Kraft zurück in die andere Hälfte. Sekunden später stand es 3:8. Ich behielt meine Freude nicht für mich. Okay, mein anschließender Freudentanz diente dazu, Generalfeldwebel Stark zu provozieren, das gebe ich zu. Und nett war es nicht, aber ich hatte Erfolg. Das Herzinfarktrisiko von diesem Schreihals stieg. Und Uschi?

Die stand geruhsam an der Seitenlinie. Manchmal klatschte sie in die Hände oder feuerte uns an, aber nie hätte sie uns beleidigt oder niedergemacht. Was hätte das auch für einen Sinn gehabt? Kein Fehler passierte mit Absicht. Es waren noch vier Minuten zu spielen und es stand 5:10. Dass wir den Rückstand von fünf Toren noch immer halten konnten, war gigantisch. Jetzt mutierte ich zum Schreihals (wofür ich keine Erklärung hatte), versuchte, meine Mitspieler zu dirigieren. Und es war unerklärlich, weil es funktionierte.

»Links, spiel nach links!«, schrie ich. Oder »Hintermann!«, oder »Schnell nach vorne!« Das klappte. Tatsächlich. Meine Mannschaftskameraden taten genau das, was ich ihnen zurief. Und wenn mal etwas nicht klappte, rief ich »Egal. Einfach weitermachen. Nächstes Mal klappt es.«

Eigentlich tat ich genau das Gleiche wie Uschi. Generalfeldwebel Stark mutierte an der Seitenlinie jetzt zu einem Vulkan. Damit war klar, dass wir hier schon viel mehr erreicht hatten, als wir uns selbst zutrauten. Wir wuchsen über uns hinaus. So weit, dass uns zwei Tore hintereinander gelangen. Johlend tanzte ich durch unsere Hälfte und boxte in die Luft. Dann war es, natürlich, wieder die Nummer 27, der ein weiteres Tor gelang. Trotzdem! Ich konnte deutlich erkennen, dass alle Gesichter unserer Gegenspieler absoluten Frust ausdrückten. Und dieser Frust war unsere Chance. Sie diskutierten jetzt mit den Schiedsrichtern, waren ununterbrochen am Meckern und Herr Stark beleidigte jetzt nicht nur seine Spieler, auch er hatte es inzwischen auf die drei jungen Männer in den schwarzen Trikots abgesehen.

»Ich dachte, Schiedsrichter dürfen nicht parteilich sein.«

»Früher hätte man sowas wie euch vor das Kriegsgericht gestellt.«

»Hast du deine Schiedsrichterausbildung auf dem Klo gemacht, oder was?«

Das waren noch die harmlosesten Sprüche, die Stark den Schiedsrichtern zurief. Und ich konnte es verstehen, dass keiner der Schiedsrichter zu Stark ging, um dem für die Beleidigungen eine Strafe auszusprechen. Ich hätte mich da auch nicht hin getraut.

»Mach schnell!«, rief ich, nachdem ausgerechnet die Nummer 27 auf dem Boden lag, sich das Knie hielt und sich nach links und rechts wie ein Schnitzel in der Pfanne drehte. Ich hoffte, dass mein Rufen ausschließlich meine Mitspieler hörten. Jemand von uns schnappte sich den Ball, warf ihn nach vorne und Sekunden später lag die Kugel wieder im Tor. Und, da die Schiedsrichter das Spiel nicht unterbrochen hatten, zählte der Treffer.

Der Vulkan an der Seitenlinie, er brodelte und brodelte. Wenn das hier so weiterging, mussten wir bestimmt bald die Halle verlassen, um uns vor einer Feuersbrunst zu retten.

Bei diesem Trainer wunderte es mich nicht, dass die Nervosität unserer Gegner zunahm. Und diese Nervosität brachte uns schließlich einen Freiwurf ein, weil einem Spieler von Schöneberg ein Schrittfehler unterlief. Lukas spielte den Ball wieder schnell nach vorne und wieder durfte der Torwart den Ball aus dem Netz holen. Ich rieb verwundert meine Augen. Es stand nur noch 9:11 und es waren noch zwei Minuten zu spielen.

Dann wieder. Ich wehrte einen Ball mit meinem Oberschenkel ab, nahm ihn auf und warf ihn nach vorne. Da stand Marek. Der griff erst daneben, schnappte sich dann aber den Ball, machte ein paar Schritte nach vorne und täuschte einen Wurf an. Dann noch einen. Dann warf er auf das Tor und der Schöneberger Torwart wehrte den Ball mit dem Kopf ab. Und von dessen Birne flog der Ball hinter die Linie. Es war so einfach. Jetzt war es nur noch ein einziges Tor. Der Wüterich an der Seitenlinie beleidigte jetzt auch uns. Ich lachte darüber. Und auch Uschi grinste über Sprüche wie »Das hat doch mit Handball nichts zu tun« und »Das ist doch eine Gurkentruppe«.

Auf der Anzeigetafel stand, dass 48:30 der Spielzeit abgelaufen waren. Uns blieben also noch eine Minute und 30 Sekunden und die Schiedsrichter hatten wieder die Zeit gestoppt. Ein Spieler von uns hielt sich das Gesicht und weinte. Ich rannte hin und erkannte Blut auf dem Parkett. Lukas berichtete, dass jemand Marek mit Absicht den Ellenbogen gegen den Mund schlug.

»Bitte bleibt ruhig. Bleibt um Gottes willen ruhig. Es ist nicht mehr lange zu spielen. Ihr seid so toll. Bringt das einfach zu Ende.« Ich nickte Uschi zu. Das sah sie aber nicht mehr, weil sie wieder Richtung Kampfgericht unterwegs war. Ein Gegenspieler hatte Tim mit der Faust gegen die Nase geschlagen. Die spielten jetzt so, wie sich ihr Trainer verhielt. Wir mussten jetzt unbedingt die Ruhe bewahren. Da hatte Uschi recht. Ich schaute auf die Anzeigetafel. Es waren immer noch eine Minute und 30 Sekunden zu spielen und wir lagen mit einem Tor zurück. Mensch, hier ging wirklich was. Und genau das rief ich meinen Mitspielern zu, welche sich erstmal neu sortieren mussten. Und das dauerte. Deswegen traf Schöneberg zum 10:12. In mir tobte es jetzt. Erst verletzten die zwei Spieler von uns und im Gegenzug warfen sie ein Tor. Und es ging weiter mit Schubsen, Festhalten und sogar Spucken. Jedes Mal stoppten die Schiedsrichter die Zeit, aber den Pfiff zum anschließenden Siebenmeter gegen uns hätten die sich kneifen können. Trotzdem protestierte niemand von uns, obwohl Lukas seinen Gegenspieler gar nicht berührte. Aber es hätte nur noch mehr Unruhe gebracht, wenn *wir* hier jetzt auch noch die Schiedsrichter bepöbelt hätten. Die mussten sich schließlich schon genug anhören.

Die Nummer 27 stellte ein Bein auf den Siebenmeter-Strich und wartete auf den Pfiff. Ich stand zwar auf der Torlinie, hatte mich aber zur Hochsprungmatte hinter dem Tor gedreht und bewegte provokant mein Hinterteil. Nur leicht. In der Hoffnung, dass es die 27 sah, aber die Schiedsrichter nicht. Dann drehte ich mich um und vollzog vier Schritte hin zum Blondschopf.

»Das war kein Siebenmeter. Das weißt du. Und deshalb wirfst du daneben.«

Eine Antwort auf meine Stichelei wartete ich nicht ab. Ich stellte mich auf die Torlinie und starrte auf den Wurfarm. Die 27 holte aus und zimmerte den Ball gegen die Latte. Jetzt tat ich es Jenny nach.

Ein »Jaaaaa« füllte die Halle und war vermutlich bis draußen zu hören. Ich fing den Ball und spielte diesmal einen kurzen Pass. Es folgten weitere kurze Pässe und vorne stand Tim, der den Ball mittig im Tor unterbrachte. 11:12. Unglaublich! Unser Wille, alles, was wir an diesem Morgen zeigten, es war nicht umsonst. Aber erstmal war das Spiel wieder unterbrochen. Für Lukas war das Spiel sogar beendet, weil er es war, der diesmal einen Schlag auf den Mund bekam.

Wo waren wir hier bitte? Und warum sahen die Schiedsrichter das nicht? Fühlten die sich inzwischen von Stark eingeschüchtert?

Ich schaute wieder zu Uschi. Die blieb weiter die Ruhe in Person, das war unser Glück. Wenn Uschi sich verhalten hätte wie Generalfeldwebel Stark, hätte wohl die Polizei anrücken müssen. Ich drehte meinen Kopf zur Uhr. Es waren noch fünf Sekunden zu spielen und wir hatten einen Freiwurf. Aber vorher galt es noch, ein Problem zu klären. Wir hatten keine Auswechselspieler mehr, weil Uschi am Spielfeldrand Lukas verarztete. Der letzte Spieler auf der Bank, der nicht blutete, war unser Ersatztorwart. Marlon Vogel. Uschi lief zu ihrer Tasche und warf Marlon ein Trikot zu, welches er anziehen sollte. Marlon war ja Torwart und sein Trikot trug deshalb eine andere Farbe als das der Feldspieler. Marlon entledigte sich seiner Jogginghose, zog sich das Trikot für die Feldspieler über und stolperte bereits auf das Parkett, noch während er eine kurze Hose über seine Star-Wars-Boxershorts zog. Wir stellten uns auf, also ich nicht, weil ich im Tor stand, aber meine Mitspieler platzierten sich rund um den gegnerischen Torraum, der Pfiff ertönte, wir führten den Freiwurf aus, indem Marek den Ball erstmal nach rechts weitergab.

Noch vier Sekunden. Die Gegner wetzten wie Geier auf uns zu, wieder bekam Marek den Ball, der spielte weiter zu Marlon. Diesmal nach links.

Noch zwei Sekunden!

Marlon hob ab und warf den Ball in die linke untere Torecke und der Schuh vom Schöneberger Torwart streckte sich vergebens. Die Schlusssirene ertönte. Wir lagen uns in den Armen, grölten und jubelten, als hätten wir die deutsche Meisterschaft gewonnen, dabei haben wir gerade mal 12:12 gespielt. Aber wir kämpften. Wir gaben, was wir hatten. Und niemand glaubte an uns, außer Uschi. Wir lagen uns in den Armen und bildeten anschließend einen Kreis. Dann sprangen wir umher und riefen »Gurkentruppe, Gurkentruppe, hey, hey.«

Stark stand mit verschränkten Armen an der Seitenlinie. Oder um es mit Starks Worten auszudrücken: Er sah aus, als hätte er keine Munition mehr.

.

22. Kapitel

Eine halbe Stunde später saß ich wieder in Uschis Knutschkugel. Sie bot an, mich nach Hause zu fahren. Und es war mir eine Freude, ihr zu sagen, dass ich nicht nach Hause wollte. Ich wollte zu Jenny. Und wie sich herausstellte, wohnte Jenny in Uschis Nähe.

»Man besucht seine Herzensdame nicht ohne ein kleines Geschenk. So war es zumindest, als ich noch jung war. Ich kenne einen exzellenten Blumenladen«, sprach meine Trainerin und formte mit ihrem Daumen und ihrem Zeigefinger ein O in die Luft, während ihre linke Hand das Lenkrad hielt. Ihre Worte hätten toll geklungen, wenn mein Taschengeld nicht in meinem Schulrucksack gesteckt hätte. Und ich konnte Uschi nicht nach Geld fragen. Sie war meine Trainerin und nicht mein Kumpel.

»Wie alt wird Jenny?«

»Fünfzehn!«

»Süüüüß! Dann solltest du ihr fünfzehn Rosen mitbringen.«

»Naja, okay ...« Uschi bremste, setzte den Blinker und quetschte erst den Fiat in eine Parklücke und anschließend sich aus der Tür, weil die eigentlich nicht weit genug aufging. Gefühlt standen wir schon in dem LKW drin, der neben uns stand.

»Soll ich die alleine holen oder kommst du mit?« Ich stieg ebenfalls aus, aber ich hatte doch kein Geld bei. Und es war mir unangenehm, dies zuzugeben. Uschi marschierte voran, ich schlich hinterher. Direkt ins peinliche Verderben.

»Liebst du Jenny?«, fragte Uschi und drehte sich zu mir.

Hallo? Was war das bitte für eine Frage?

»Musst ja nicht gleich rot werden.«

Ich? Rot werden? Wütend wäre ich gerne geworden.

»Nun sag schon, bist du in Jenny verliebt oder seid ihr eher Freunde?«

Warum interessierte dich das?

»Also, ich habe sie schon sehr gern ...«

»Okay, schon sehr gern heißt, du bist komplett verknallt. Dann solltest du *rote* Rosen nehmen.« Uschi ließ mich irritiert zurück und stapfte Richtung Blumenladen. Ich schlich hinter.

»Fünfzehn rote Rosen bitte.« Die Verkäuferin hinter dem Verkaufstresen, die aussah, als lebte sie früher mal in Asien, nickte, trat zu einer riesigen weißen Vase und zog fünfzehn Rosen heraus.

»Ich zahl das. Du kannst es mir beim nächsten Training zurückgeben.«

»Danke!«, sagte ich erleichtert.

Nachdem Uschi mich vor Jennys Haus absetzte, klingelte ich. Ich rechnete damit, dass Jenny selbst die Tür öffnete, doch es war Birk, der mich hineinbat.

»Jenny ist oben. Sie wartet schon auf dich.« Ohne ein weiteres Wort schleppte ich den Strauß mit den Rosen die Wendeltreppe hinauf. Ich klopfte, Jenny öffnete die Tür und mein Mund fühlte sich plötzlich trocken an. Wieder trug Jenny ihre Haare offen, ihre Kleidung war dezent festlich.

»Sind die für mich?«

»Was? Äh ..., Ja! Bitteschön!« Mit ihrer linken Hand nahm sie die Rosen, mit der Rechten griff sie nach meiner Hand, zog mich in ihr Zimmer und schloss die Tür. Mein Herz spielte Schlagzeug mit meinem Brustkorb.

»Schön, dass du gekommen bist.« Ich nickte und lächelte. »Habt ihr gewonnen?«

»Ein bisschen«, antwortete ich.

Es klopfte an der Tür. Jennys Mutter schob die Tür auf und hielt eine Vase in den Händen, in welche 30 Rosen hineingepasst hätten. Susi erkannte, dass wir uns an den Händen hielten, quittierte dies mit einem Schmunzeln, stellte die Porzellanvase auf einen kleinen Schrank und schloss die Tür von außen. Es war ein komischer Geburtstag. Jenny und ich quatschten uns die Seele leer. Okay, meistens redete sie, aber da sie oft das sagte, was ich fühlte und dachte, redete sie sozusagen für mich mit. Das war witzig. Ich dachte etwas und Jenny erzählte es. Als wären wir seelenverwandt.

Am frühen Abend aßen wir alle gemeinsam beim Italiener. Also Jenny, ihre Eltern und ich. Und ich gestehe, ich kannte das nicht, dass selbst die Mutter mit dem Vater Händchen hielt. Aber ich konnte mir seitdem denken, woher Jenny das hatte. Später schauten wir einen Film. Keine Ahnung, wie der hieß. War auch unwichtig. Jenny legte ihren Kopf auf meine Schulter und ich genoss diesen Moment. Mehr noch. Ich betete heimlich, dass er niemals endete.

»Ich habe eure Betten vorbereitet.«

Susi hatte unsere Betten vorbereitet. Was bedeutete das? Moment ..., natürlich. Wo sollte ich schlafen? Die Antwort auf diese Frage gab mir, wer auch sonst, Jenny.

Die zog mich, als der Abspann des Films begann, wieder die Treppen zu ihrem Zimmer hinauf. So, als wartete sie nur darauf, dass der Film endete. Auf dem Boden in Jennys Zimmer erkannte ich zwei aufgeblasene Matratzen. Wir sollten hier, in einem Zimmer, nebeneinander schlafen? Ein cooler Gedanke!

Aber noch cooler fand ich Jennys Eltern, die das erlaubten. Immerhin waren wir keine sieben oder acht, sondern in einem Alter, wo es nichts brachte, das Interesse am anderen Geschlecht zu leugnen. Oder am gleichen Geschlecht, aber das spielte an diesem Abend keine Rolle.

»Magst du innen oder außen schlafen?«

»Mir egal.«

»Okay, dann schlaf ich außen und du innen.« Ich konnte das Grinsen nicht mehr abstellen. Bis Jenny mir den Hals zuschnürte. Meine Knie waren nur noch Pudding. Und ich stand da wie jemand, der dastand und den Mund nicht mehr zubekam. Jenny drehte mir den Rücken zu und zog sich aus. Komplett. Einfach so. Ihr Po lachte mich an. Aber mehr sah ich nicht.

»Ich geh mich kurz duschen.« Sie rannte, ihre Hände und ihre Arme bedeckten zumindest das Wichtigste ihres Körpers, nackt aus dem Zimmer und verschwand im Bad. Ich ließ mich auf die Matten fallen und kämpfte mit meiner Atmung. Bewusst lauschte ich der Duschbrause, die ich durch die Wand hörte. Das Rauschen des Wassers klang wie ein Liebeslied.

Mit einem Nachthemd bekleidet stand Jenny kurz darauf wieder vor mir. Und es war egal, ob sie nackt oder mit einem Nachthemd bekleidet war, sie sah magisch aus.

»Magst du dich auch noch duschen gehen? Dann komm mit ins Bad. Ich zeige dir, wo alles steht.«

Es war beruhigend, dass ich mich nicht auch in ihrem Zimmer ausziehen sollte. Im Bad roch es nach Pinienkernen und das Fenster war beschlagen. Zum Glück, so verhinderte der Dunst, dass jemand aus dem Nachbarhaus durch das Fenster schauen konnte. Aber *eine* Zuschauerin hatte ich trotzdem. Jenny saß auf dem Klodeckel und redete und redete, während ich in der

Mitte des Badezimmers stand und mich nicht traute, mein Oberteil auszuziehen. Fiel ihr denn nicht auf, dass es mir peinlich war, mich vor ihren Augen freizumachen? Dann endlich. Jenny rannte aus dem Badezimmer, um mir etwas zu zeigen. Diese Chance galt es zu nutzen. Ich pellte mich aus meinen Klamotten. Dann verschwand ich in der Dusche. Das Handtuch platzierte ich griffbereit auf dem Boden vor der Duschkabine.

Die Mühe, zwei Matratzen aufzupumpen, hätte sich Susi sparen können, denn Jenny und ich benötigten nur eine. Jenny lag in meinen Armen und schloss ihre Augen. Ich genoss es, Jenny neben mir zu wissen. Und ich genoss es, den Duft nach Pinienkernen einzuatmen. Jennys Körper fühlte sich wie ein Ruhekissen an und mir stieg der Gedanke in den Kopf, dass diese Momente bestimmt *die* Momente waren, an die man sich sein Leben lang erinnerte.

Jenny war meine erste feste Freundin. Aber war sie das überhaupt? Wir redeten nicht darüber. Also, Jenny, klar, die redete schon von Hochzeit und fragte mich, wie viele Kinder ich später haben wollte, aber ob wir wirklich miteinander gingen, darüber schwiegen wir. Egal. Meine Mutter sagte immer, Zeigen ist wichtiger als Sagen. Und wir zeigten uns, wie sehr wir uns mochten.

Am nächsten Morgen saßen wir wie zwei gackernde Hühner am Frühstückstisch und beschossen uns gegenseitig mit Schokopops. Wir prusteten vor Lachen. Überhaupt lachte ich mit Jenny so viel, wie noch nie in meinem Leben. Jenny war wie eine Schwester, wie meine beste Freundin. Wie jemand, dem man blind vertraute. Und wenn ich darüber nachdachte, hatte ich nicht einmal meine Mutter, der ich vertraute. Das hatte Jenny mir voraus. Zu meiner Mutter musste ich am Mittag zurückkehren. Worauf ich keine

Lust hatte. Was auch daran lag, dass der Himmel zu weinen begann, als ich mich auf den Heimweg machte. Und ich wusste, dass das Weinen nicht abnehmen würde, wenn ich die Haustür aufschloss. Aber ich irrte. Ich näherte mich unserem Haus und war erleichtert, diesmal keine Schreie von Schnauzbart-Schumacher zu hören. Ich blieb stehen, schluckte, atmete mit offenem Mund und schluckte wieder. Es war ein komisches Gefühl, ich war schon länger als 24 Stunden nicht mehr zuhause und vor der Haustür musste ich erst Luft holen, bevor ich den Schlüssel ins Schloss steckte. Der ließ sich aber nicht herumdrehen. Ich probierte es erneut. So sehr, dass ich Angst hatte, den Schlüssel abzubrechen. Ich machte einen Schritt zurück und schaute auf die Hausnummer. 24b. Die stimmte. Aber hier stimmte etwas nicht. Ich schaute auf das Klingelschild, wo Schuhmacher/ Grützemacher stand. Irgendwer kritzelte mit einem schwarzen, dicken Stift über den Namen, welchen meine Mutter und ich trugen. In diesem Moment dämmerte es mir.

Wo war meine Mutter, wenn sie nicht mehr hier wohnte? Und wo war Annabell?

Ich schlich durch den Vorgarten und schielte durch die Fenster. Es war nichts zu erkennen. Zumindest keine Menschen. Auch Annabell hörte ich nicht weinen oder schreien. Ich griff mein Telefon und sah, dass der Akku leer war. Vollbepackt mit Fragen und tonnenschweren Schuldgefühlen machte ich mich auf den Weg zurück zu Jenny.

23. Kapitel

Nachdem Birk mich hineinbat und ich grob von meinem Problem erzählte, hörte ich, wie jemand beinahe die Treppe hinunterfiel. Es war Jenny, die nichts mehr in ihrem Zimmer hielt. Sie zeigte deutlich, was sie von meiner Rückkehr hielt, und es war genau dieses Zeichen der Freude, dass ich in diesem Moment brauchte. Als ich die Geschichte von dem Schloss und dem übermalten Namen erzählte, stand Jennys Vater auf und griff das Telefon.

»Gib mir mal die Nummer von deiner Mama.« Ich nannte ihm zuerst ihre Handynummer, dann die Nummer von meinem Zuhause. Was jetzt wahrscheinlich nicht mehr mein Zuhause war. Dort ging niemand ans Telefon und das Handy meiner Mutter war vorübergehend nicht zu erreichen.

»Bin gleich wieder da. Wir finden deine Mutter. Verlass dich drauf.« Ich sah, wie Jennys Vater durch eine Seitentür Richtung Untergeschoss verschwand.

»Birk arbeitet bei der Polizei.«

Mit diesem Satz kippte Jenny eine Menge Düngemittel auf meine Hoffnung.

»Mach dir keine Sorgen. Das kommt alles wieder in Ordnung.« Keine Ahnung woran das lag, aber ich glaubte der Mutter des Mädchens, welches die ganze Zeit meine Hand hielt, während wir auf dem Sofa saßen.

»Und solange bleibst du hier.« Jennys Worte klangen ähnlich bestimmend wie die von Generalfeldwebel Stark, weshalb ich lieber nicht widersprechen wollte.

Gemeinsam warteten wir auf die Rückkehr von Birk. Jennys

Daumen streichelte über meine Hand und ich beobachtete, wie der Sekundenzeiger über das Ziffernblatt spazierte.

Tick, tick, tick, tick. Endlich ging die Tür, die aus dem Keller führte, wieder auf.

»So, wir haben deine Mutter gefunden. Ein Rettungswagen fuhr sie letzte Nacht ins Krankenhaus.«

Diese Info nahm ich regungslos hin.

»Na los, zieh dich an! Ich fahre dich hin.« Jetzt nickte ich.

»*Ich* komme mit!« So bestimmend kannte ich Jenny bisher nicht. Aber ich war erleichtert, dass sie mich begleiten wollte.

Zwanzig Minuten dauerte die Fahrt zum Krankenhaus. Die Fahrt mit dem Fahrstuhl in die siebente Etage gefühlt zwanzig Tage. Und als sich automatisch die Tür zur Station öffnete, auf der meine Mutter lag, glich dieser Moment dem Gang durch das Tor zur Hölle. Trotzdem dachte ich nicht daran, vor der Tür einen Stopp einzulegen.

»Sollen wir dich begleiten?«, fragte Jennys Vater. Ich wollte *Ja* schreien, nickte aber wieder nur. Gemeinsam betraten wir den halbdunklen Stationsflur.

»Bist du Ben Grützemacher?« Ich nickte der vermummten Schwester zu, die auf mich zukam.

Die Frage, woher mich die Schwester kannte, stellte ich mir nicht. Sie schien mich erwartet zu haben. Aber das fiel mir in diesem Moment nicht auf.

»Setz dich doch kurz.« Ich nahm auf einem der Stühle Platz, die vor dem Schwesternzimmer standen.

»Deiner Mama geht es nicht so gut. Körperlich nicht und mental auch nicht.«

»Was ist mental?«, fragte ich.

»Seelisch«, antwortete die Schwester.

»Soll ich dir kurz das Wichtigste erzählen? Damit du vorbereitet bist?«

Sie musste das *Ja* in meinen Augen abgelesen haben. Worüber ich erleichtert war, denn mir fehlte die Kraft, diese zwei Buchstaben von mir zu geben.

»Wusstest du, dass deine Mama ein Baby im Bauch hatte?«

Wieder ein Nicken. Ich schaute zu Jenny und ihrem Vater, die beide einen halben Meter entfernt standen. Sie sagten nichts. Wirklich nicht. Jenny, die Quasselstrippe, schwieg, kaute aber auf ihrer Unterlippe wie auf einem Kaugummi herum.

»Das Baby ist leider gestorben.«

Ich starrte auf den silber-grauen Wagen, der mir gegenüberstand und mit kleinen Wasserflaschen bestückt war.

Bis zu diesem Moment fand ich es immer lächerlich, wenn Menschen um jemanden trauerten, den sie nicht kannten. Wenn ein berühmter Sänger oder ein Politiker starb oder ein Nachbar, mit dem man nichts zu tun hatte. Mein ungeborenes Geschwisterchen kannte ich auch nicht. Und doch kämpfte ich mit den Tränen. Die Krankenpflegerin zog sich den Mundschutz vom Gesicht. Sie sah jünger aus, als ich erwartete. Ihr Mund erinnerte an eine Ente. Sie reichte mir ein Taschentuch.

»Wie ...?«

»Wir wissen es nicht genau. Aber die ersten Untersuchungen lassen vermuten, dass ihr jemand in den Bauch getreten hat.«

Andreas Schuhmacher.

»Deine Mama hat außerdem eine tiefe Platzwunde am Kopf. Und einen gebrochenen Arm.«

Ich drückte, so kräftig ich konnte, meine Zähne zusammen und bohrte meine Fingernägel in die Fläche meiner linken Hand. Zu meiner Überraschung wuchs in mir nicht die Trauer, sondern die

Wut. Und auch nicht auf mich, weil ich nicht auf meine Mama aufpasste. Meine Wut richtete sich gegen den Schläger mit dem Schnauzbart.

»Na dann kommt mal mit!«, sprach die Schwester und stand auf. Zaghaft klopfte sie an das Zimmer mit der Nummer 07/13. Für meine Mutter konnte es kein passenderes Zimmer geben, als eins mit dieser Zahlenkombination. Sieben und dreizehn. Das spiegelte perfekt ihre Pechsträhne mit Männern wider.

»Frau Grützemacher, hier ist Besuch für Sie.« Das sonnendurchflutete Krankenzimmer stand in einem extremen Kontrast zum Stationsflur. Jenny legte ihren Arm um meine Hüfte. Das fand ich toll. Es war das Zeichen, dass wir das hier gemeinsam schafften, wenn wir zusammenhalten. Im Bett am Fenster erkannte ich meine Mutter und Jenny sah, wie ich kurz darauf heulend auf der weißen Bettdecke lag.

24. Kapitel

Annabell, die ich mit meinem Rumgeflenne weckte, stimmte in mein Sing-Sang ein. Jennys Vater hob sie vorsichtig hoch und legte sie in meine Arme. Sofort hörte dieser Winzling auf zu weinen. Wie peinlich, wenn ich mich nicht auch hätte so schnell beruhigen können. Meine Halbschwester streckte mir ihre winzige Hand entgegen und gluckste.

»Voll cool. Kannst du schon mal für später üben«, lachte Jenny. Ich kannte diese Sprüche inzwischen. Birk kannte diese Seite seiner Tochter wohl noch nicht.

»Moment mal, du hast gerade deinen fünfzehnten Geburtstag hinter dir. Damit habt ihr noch mindestens fünf Jahre Zeit«, entrüstete er sich. Ich schaute zu meiner Mutter. Die schien von alledem nichts mitzubekommen. Ihre Augen drückten Müdigkeit aus. Und Kraftlosigkeit.

»Weißt du es schon?« Wieder hob und senkte ich mehrere Male den Kopf.

»Andreas hat dir in den Bauch getreten ...«

»Er war sehr betrunken. Er wusste nicht, was er tat. Und bestimmt bereut er es jetzt.«

»Frau Grützemacher«, mischte sich Jennys Vater ein, »das rechtfertigt solch eine Tat in keiner Weise.«

»Er konnte wirklich nichts dafür. Ich habe ihn zur Weißglut getrieben.«

Ich wusste nicht, was meine Mutter mit Weißglut meinte, aber ihre Worte klangen falsch.

»Er wollte keine Kinder mehr und ich habe nicht aufgepasst.«

In meinem Kopf bildete sich aus dem letzten Satz meiner Mutter folgender Sinn: Meine Mutter hatte Sex mit dem Schläger und jetzt hatte sie Schuld daran, schwanger zu sein. Oder gewesen zu sein. Das klang in meinen Ohren nicht nur falsch. Das klang schon peinlich, was meine Mutter da redete.

»Kinder, ihr geht mal bitte auf den Flur. Wir müssen dringend ein Gespräch unter Erwachsenen führen.«

»Wir sind fast erwachsen!«, entgegnete Jenny. Ihr Vater warf ihr daraufhin einen Blick zu, der deutlich machte, dass die Zeit für Diskussionen ungünstig war. Jenny schnappte meine Hand und gemeinsam trotteten wir auf den Stationsflur. Ich war noch nie der Junge, der viele Worte sprach. Ich war eben ein typischer Ostfriese, aber in diesem Moment legte ich meine Zurückhaltung ab. Zumindest ein bisschen.

»Ich bin so froh, dass du bei mir bist.« Jenny drückte mich an sich und ließ mich erst wieder los, als ihr Vater wieder die Tür des Krankenzimmers öffnete.

»Ihr könnt wieder reinkommen.« Ich pustete kräftig durch. Meine Mutter saß mit einem Lächeln auf dem Krankenbett und wirkte auf mich wie ein kleines Mädchen, welches einen Einlauf verpasst bekam. Das passte zwar ins Krankenhaus, aber den Einlauf bekam meine Mutter nicht von einer Schwester oder einer Ärztin, sondern von Birk.

»Ben, ich habe mit deiner Mutter geklärt, dass du erstmal bei uns wohnst.«

Jenny und ich fielen uns jubelnd in die Arme. Auch wenn der Grund, weshalb ich erstmal zu Jenny zog, kein Schöner war. »Ihr werdet nicht mehr in euer Haus zurückkehren. Aber ihr werdet eine neue Wohnung finden, da bin ich mir sicher. Hier im Krankenhaus gibt es Leute, die helfen Menschen in Notlagen.

Und das hier ist ja unumstritten eine Notlage.«

Ich konnte nicht aufhören zu grinsen. Jenny hielt meine Hände ganz fest, was ich genoss. Und auch sie grinste.

25. Kapitel

Ich verbrachte also die zweite Nacht bei Jenny. Und als ich am Montagmorgen aufwachte, wusste ich, wie es sich anfühlte, mit meiner Zunge über eine feste Zahnspange zu streicheln. Obwohl zuhause alles auseinandergebrochen ist, war ich der glücklichste Mensch auf der Welt. Ich war mit dem schönsten und nettesten Mädchen zusammen, was es im Universum gab.

»Als Klassenlehrer muss Herr Scholz wissen, was passiert ist«, sagte Susanna, während Jenny und ich am Frühstückstisch saßen und Cornflakes in uns hineinstopften. Aber keine Cornflakes der Welt konnten den Geschmack von Jennys Küssen wegspülen. Es war ein Geschmack aus Pfefferminze, Schokolade und Rosen.

Ich war erleichtert, dass Susi noch vor der ersten Unterrichtsstunde mit Kermit sprach. Mich auf den Unterricht zu konzentrieren, war vorher schon schwierig, aber an diesem Montag war ich ausschließlich körperlich anwesend. In meinem Kopf waren nur Pfefferminze, Schokolade, Rosen und der Duft vom Desinfektionsmittel aus dem Krankenhaus. Nach der ersten Unterrichtsstunde kam Herr Scholz zu unseren Plätzen gelaufen.

»Bitte kommt nach dem Unterricht nochmal zu mir. Ich muss dringend mit euch sprechen.«

War das die Ankündigung für ein erneutes Psychogespräch? Bitte nicht!

Du bist toll.

Bitte glaub an dich.

Zeig endlich, was du kannst.

Was brachte das? Herr Scholz wusste doch inzwischen

Bescheid. Meine Mutter ließ sich von ihrem Macker krankenhausreif schlagen, das Baby in ihrem Bauch war tot und ich lebte vorerst bei Jenny. Wobei das Leben bei Jenny alles rosarot malte.

Nach dem Unterricht begleitete mich Jenny zum Lehrerzimmer. Zum Glück, denn was jetzt folgte, hätte wohl jedem vierzehnjährigen Jungen die Schuhe ausgezogen. Wir klopften und Kermit streckte den Kopf aus der Lehrerzimmertür.

»Einen Moment.« Jenny und ich beobachteten, wie Herr Scholz einen Umschlag vom Tisch zog und sich wieder in die Tür stellte.

»Bitte sei nicht böse. Es geht nicht anders. Ich habe dir einen Brief geschrieben, weil es Dinge gibt, die auch Lehrer nicht in Worte fassen können. Zumindest nicht mündlich. Bitte lese den Brief erst zuhause.«

Ich griff den Umschlag. Diesmal nickte ich nicht. Was daran lag, dass sich ein Schleier vor meinen Augen bildete.

Bitte sei nicht böse. Es geht nicht anders.

Was hatten diese Worte zu bedeuten? Ich sollte nicht böse oder sauer sein, so viel begriff ich, doch sollte ich wegen des Briefs nicht böse sein? Ein Liebesbrief konnte es schlecht sein. Und wenn es was mit meinen Zensuren zu tun hatte, wäre der Brief an meine Mutter geschickt worden. Obwohl, vielleicht gab er mir den Brief mit, weil meine Mutter im Krankenhaus ... Nein, das ergab alles keinen Sinn. Oder doch? Vielleicht sollte ich nicht böse sein, weil er meiner Mutter einen dringenden Schulwechsel empfahl? Das war eine Möglichkeit. Aber meine Noten wurden doch besser. Klar, den Start setzte ich in den Sand, aber ich brachte den Motor inzwischen zum Laufen. Auch dank Jenny, die mir mit zusammengepressten Lippen gegenüberstand. Ich setzte mich auf die Steintreppe, die zum ersten Stock führte, denn zu dem Schleier vor meinen Augen gesellte sich ein fieses Kopfdröhnen. Jenny setzte sich neben mich. Sie saß nur da und machte nichts. Und ich glaube, das war das Beste, was sie in dem Augenblick tun konnte. Einfach da sein. Nichts sagen. Für Jenny war das bestimmt eine krasse Nummer, nichts zu sagen. Sie redete doch so gerne. Der Brief, den ich mit beiden Händen festhielt, wog eine Tonne.

»Soll ich dir den Brief vorlesen?« Ich schüttelte den Kopf. Egal was drin stand, ich musste da alleine durch. Außerdem sollte ich den Brief doch erst zuhause lesen.

Als wir das Schulgelände verlassen hatten, steuerte Jenny mich vom eigentlichen Weg ab. Ich wehrte mich nicht, sie war schließlich das Mädchen, das die Fernsteuerung für mich besaß.

»Ich kenne einen tollen Platz, wo wir den Brief lesen können. Komm mit.«

Wir schlenderten Hand in Hand an einem alten Bahndamm entlang, streiften durch das Gras und genossen die Herbstsonne. »Da drüben.«

»Da? Hinter der Mauer? Meinst du, wir kommen da rüber?«

»Nicht rüber. Rauf.«

»Wie rauf?«

»Komm mit!« Jenny zog mich durch ein Gestrüpp aus Unkraut und toten Ästen. Wir stelzten ein Stück an einem Mauerwerk entlang, bis zu dem Teil, wo das Unkraut niedergetrampelt war und ich Einkerbungen erkannte. Diese Einkerbungen waren eine gute Kletterhilfe, um auf die Mauer zu gelangen. Kurz darauf ließen wir unsere Beine baumeln und blickten auf Wiesen und

Felder. Das war ein Ausblick, der mich an meine alte Heimat erinnerte. An die Weite und die Ruhe.

»Kennst du die Stelle hier?« Ich schüttelte den Kopf. »Das ist mein Lieblingsplatz. Seit ich fünf bin, klettere ich immer hier hoch und schaue nach vorne. Da ist so viel Zukunft, aber wirklich erkennen kann man nichts.«

Eine Amsel schaffte das Unmögliche. Sie unterbrach Jenny. Wenn auch nur für einen Moment.

»Meinst du, wir sind später mal eine richtige Familie und halten zusammen, egal, was kommt?«

»Bestimmt!«, antwortete ich. Und doch beschäftigte mich schon wieder die Frage, wieso Jenny an eine eigene Familie dachte. An Hochzeit und an Kinder. Sie feierte doch gerade mal ihren fünfzehnten Geburtstag. Egal.

»Wir werden bestimmt so glücklich wie du und Birk und Susi. Und unsere Kinder nennen uns dann Ben und Jenny. Ich finde das cool. Besser als Mama oder Papa.«

Jenny schaute zu mir, dann wieder Richtung Felder.

»Als ich fünf war, kam ich zu Susi und Birk. Seitdem bin ich oft hier, weil dann niemand weiß, wo ich bin.«

»Wie, als du fünf warst. Wie meinst du das?«

Jennys Satz überforderte mich, weswegen ich nicht in der Lage war, vernünftig auf ihre Worte zu reagieren.

»Ich habe meine richtige Mama nie kennenlernen dürfen.«

Ich bekam meinen Mund nicht mehr zu.

»Wenn ich nicht auf die Welt gekommen wäre, meine Mama würde noch leben.«

Das leuchtete mir ein. Jennys Mutter starb während ihrer Geburt.

»Und mein Papa musste zurück nach Gambia.«

»Und ... also ...«

»Ich weiß, was du fragen willst. Mein Papa kam vor achtzehn Jahren nach Deutschland und lernte irgendwann meine Mama kennen. Sie hieß Jennifer. Wie ich jetzt. Und wie sie bin ich hier geboren. Als mein Papa aber zurück nach Gambia musste, wollte er, dass ich eine gute Zukunft habe. Deswegen ließ er mich hier. Und er wollte versuchen, auch wieder nach Deutschland zurückzukehren. Aber das klappte bisher nicht. Ich weiß nicht einmal, ob mein Papa noch lebt. Bis zu meinem achten Geburtstag schrieb er mir noch regelmäßig Briefe und schickte Päckchen, seitdem hörte ich nie wieder etwas von ihm.«

»Wieso musste dein Papa zurück nach Gambia?«

»So genau habe ich das auch nie verstanden. Er hatte eine Arbeit und konnte gut Deutsch, aber dann musste er plötzlich zurück. Einfach so. Er wollte sich erst verstecken, aber er hatte Angst um mich. Und dann standen sie plötzlich ganz früh am Morgen in der Tür und holten ihn ab. Er war beruhigt, weil Susi und Birk ihm versprachen, dass ich solange bei ihnen leben kann, bis er zurückkommt. Und das hat ja geklappt. Und seitdem wünsche ich mir nichts mehr als eine richtige Familie. Und ich möchte unbedingt, dass unsere Kinder später Mama und Papa zu uns sagen.«

Jennys Worte waren wie eine Taschenlampe, die auf den übergroßen Fettnapf leuchtete, in den ich hineintrat, als ich meinte, dass es cool wäre, wenn unsere Kinder später Jenny und Ben zu uns sagen würden. Und ihre Worte überrannten mich. Von wegen, in Jennys Haus war alles perfekt. Die Eltern liebten sich, dem Kind schrieb man nicht alles vor oder schnauzte es an. Und nun das. Aber jetzt kapierte ich, weshalb Jennys größter Traum eine eigene Familie war. Und jetzt wusste ich auch, warum Jenny

knapp älter war als ich, während die meisten meiner Mitschüler
ein Jahr jünger waren. Wenn ich mit fünf Jahren meinen Vater
verloren hätte, nachdem schon meine Mama starb, wäre ich auch
nicht in der Lage gewesen, in die Schule zu kommen.

In Berlin wurde man ja mit fünf Jahren eingeschult.

»Weißt du, warum ich so gerne mit Bleistift und Kohle male?
Dann haben alle Menschen die gleiche Hautfarbe.«

»Ich finde deine Bilder voll schön. Aber ich bin trotzdem froh,
dass jeder Mensch anders aussieht. Wäre doch langweilig, wenn
alle gleich wären. Und ich finde dich genau *so* perfekt, wie du
bist.«

»Stört es dich nicht ein bisschen, dass ich schwarz bin?«

»Nein. Und wenn ich ehrlich bin, das ist mir zuerst gar nicht
aufgefallen.«

Okay, das war gelogen.

»Ich guckte nur immer auf deine Haare. Solche Haare hätte ich
auch gerne.«

»Würde dir bestimmt stehen.« Jenny lachte. »Gibst du mir den
Brief?«

»Was?«

»Na den Brief. Wenn Herr Scholz mir den gegeben hätte,
würde ich mich auch nicht trauen, den zu öffnen.«

»Ich traue mich ja. Wollte nur den richtigen Moment
abwarten.«

»Nein, du traust dich nicht. Das weiß ich. Aber du musst
wissen, was in dem Brief steht, falls dich Herr Scholz morgen
darauf anspricht.«

Woher kannte mich Jenny so gut? Ja, ich hatte Angst, den Brief
zu lesen. Und ja, ich musste wissen, was drinstand, aber den
Brief zum Thema zu machen, während Jenny mir ihr größtes

Geheimnis anvertraute, fand ich falsch. Ich reichte ihr den Umschlag. Sie streichelte mit ihrer Hand über das Kuvert und riss die Lasche auf. Ganz vorsichtig. So, als hätte sie Angst, etwas kaputtzumachen. Sie zog das Papier aus dem Umschlag und breitete vorsichtig das Blatt aus. Ich schielte kurz rauf und las die Überschrift:

›*Lieber Ben!*‹

Ein offizieller Brief von der Schule war es schon mal nicht. Jenny hustete kurz in ihre Hand, dann las sie. Ich kämpfte dagegen an, mir die Ohren zuzuhalten.

›*Es gibt Dinge, die kann man nur schwer in Worte fassen. Deshalb habe ich mich dazu entschieden, dir diesen Brief zu schreiben, weil ich mich schriftlich besser ausdrücken kann. Eigentlich wollte ich das alles für mich behalten. Aber heute Morgen, als mich Jennifers Pflegemutter über die Vorkommnisse vom letzten Wochenende unterrichtete, habe ich beschlossen, reinen Tisch zu machen.*‹

»Was meint der den mit ›*reinen Tisch machen*‹?«
»Das ist so eine Redewendung. Die benutzt man, wenn man etwas aufklären möchte oder für klare Verhältnisse sorgen will.«

›*Ich konnte es zuerst selbst nicht glauben, aber als ich die Daten von allen Schülern abglich, hatte ich Gewissheit. Lieber Ben, du bist am 10.11.2004 im Krankenhaus in Leer geboren, deine Mutter heißt Mareike und auf deiner Geburtsurkunde ist* als Vater Hajo Schierenwein eingetragen. Schierenwein hieß ich, bevor ich meine spätere Frau kennenlernte und mit der Hochzeit ihren Namen annahm.‹

»Weißt du, was das heißt?«, unterbrach Jenny das Vorlesen. Mit letzter Kraft schaukelte mein Kopf kaum erkennbar nach links und rechts.

›Deine Mama und ich waren damals ein Paar, wir waren zwar nicht verheiratet, aber trotzdem entstand der beste Mensch auf der Welt. Du. Leider haben sich deine Mama und ich immer öfter gestritten. Wir hatten verschiedene Vorstellungen von unserer Zukunft, weshalb wir uns entschieden haben, wieder getrennte Wege zu gehen. Ich gestehe, dass ich diesen Schritt sehr bereute. Ich vermisste deine Mama und meinen Sohn. Ich vermisste dich. Leider fand deine Mama recht schnell einen neuen Freund und wollte nichts mehr mit mir zu tun haben. Ich akzeptierte das und flüchtete mich meinerseits in meine erste Ehe, die mich zwar aus Ostfriesland nach Berlin brachte, jedoch nicht lange hielt. Ja, ich musste mir eingestehen, dass ich deine Mutter noch immer liebte und euch beide sehr vermisste.
Ich freue mich so sehr, dich wieder getroffen zu haben. Und du sollst unbedingt wissen, wer dein Klassenlehrer ist. Vielleicht kannst du mich ja über meine Handynummer kontaktieren. Die habe ich dir auf die Rückseite des Briefes geschrieben.

Ich habe dich sehr lieb.
Dein Papa‹

26. Kapitel

Ich sprang von der Mauer herunter und lief orientierungslos durch das Gras. In meinem Kopf tausend Gedanken. Da war meine Mutter, mein Klassenlehrer (der plötzlich mein leiblicher Vater war), Andreas Schuhmacher, Annabell. Und über allen Gedanken schwebte Jenny.

Ich lief schneller, schaute nicht zurück. Keine Ahnung warum, ich konnte es nicht. Ich dachte an die Sportstunde zurück, als ich so schnell und lange lief und es genoss, mich zum ersten Mal in meinem Leben zu spüren. Es fühlte sich damals an, als hätte ich etwas gefunden. Und dieses Gefühl wollte ich wiederhaben. Ich wollte mich wieder spüren, wollte wissen, wohin ich überhaupt gehörte. Meine Mutter sagte einmal, das war an meinen zwölften Geburtstag, dass ich nun in einem Alter wäre, wo die Suche nach sich selbst beginnen würde. Aber wie sollte ich mich selbst finden? Ich wusste ja nicht mal, wo ich hingehörte. Ich hatte keine Familie, kein Zuhause mehr. Alles lag zerfetzt auf dem Boden und eine Reparatur schien unmöglich. Ich bog in eine Straße ein und lief weiter. Bis zu dem Haus, in dem ich bis zum letzten Wochenende noch wohnte. Ich blieb stehen und starrte Richtung Haustür. Es waren winzige Schritte und ein flaues Gefühl im Bauch, mit denen ich mich der Haustür näherte. Der zweite Name am Klingelschild war nicht mehr durchgestrichen. Ich ging zwei weitere Schritte heran. Statt Grützemacher las ich Schuhmacher/ Ritter. Das verstand ich. Gleich nach dem Rausschmiss holte sich der Schnauzer eine neue Frau ins Haus. Links vom Haus stand das Gartentor der Nachbarn offen.

Ich ging hinein und steuerte die aufgehäuften Schroppen neben dem Haus an.

Schroppen sind kleine Steine, die gut in der Hand liegen und die sich gut werfen lassen.

Kurz darauf sorgte ich für ein Klirren der Fensterscheiben von meinem ehemaligen Zuhause. Erst eine, dann zwei. Ich rannte zurück und bewaffnete mich erneut. Das tat so gut. Ich stellte mir vor, die Steine wären Handbälle und die Fensterscheiben Tornetze. Es klirrte. Und wieder: *Klirr.* Dann zielte ich auf die Scheiben im oberen Stockwerk, um auch die Fenster meines ehemaligen Jugendzimmers einzuschmeißen. Die ersten Steine verfehlten ihr Ziel, doch mit dem vierten Stein regnete es Glassplitter.

»Na warte!«, hörte ich jemanden blöken. Ich erkannte die Rotzbremse. Mist. Meine einzige Fluchtmöglichkeit war der Garten. Aber wieso flüchten?

Es war Zeit!

Zeit für Rache!

Mann gegen Mann!

Rotzbremse gegen Bartflaum!

Es war Zeit für die Abrechnung!

Schuhmacher stiefelte wutschnaubend auf mich zu. Sollte er doch. Ich umklammerte den letzten Stein, stellte mir vor, das wäre der entscheidende Siebenmeterwurf und es war nur noch eine Sekunde zu spielen. Ich warf in bester Handballmanier, Uschi wäre stolz gewesen. Leider duckte sich der Schnurrbart weg.

»Das wars. Du bist fällig.«

Nein, du bist fällig.

Ich blieb kurz stehen, ehe ich lossprintete. Ich wollte Schuhmacher wie ein Ringkämpfer zu Fall bringen. Ich hob ab, als setzte ich zum Sprungwurf in die Mauer an, doch der Typ war schwerer als er aussah, weshalb ich an dem abprallte wie eine Welle an einer Kaimauer. Ich landete unsanft im Gras. Schuhmacher fixierte mich von oben mit seinen Augen, als würde er seine Beute jeden Moment wie ein Löwe zerfleischen. Mit Armen und Beinen auf dem Boden krabbelte ich davon. Vergebens. Schuhmacher trat mir mit seinem rechten Fuß auf den linken Knöchel, seinen linken Fuß stellte er auf die Finger meiner linken Hand. Ein stechender Schmerz durchzog meinen Körper. Trotzdem wollte ich den Typen, der mein ungeborenes Geschwisterchen auf dem Gewissen hatte, nicht einfach so davonkommen lassen. Ich ließ mein rechtes Bein nach oben schnellen, um in seine Familienplanungen zu treten. Der Plan war gut, nur die Umsetzung scheiterte. Schumacher fing mein halbhohes Bein ab und zog mich weiter in den Garten.

»Lassen Sie den Jungen los. Und nehmen Sie die Hände hoch!«, rief jemand aus der Ferne. Schuhmacher drehte sich um. Ich konnte nichts sehen, aber die Stimme kam mir bekannt vor.

»Was wollen Sie? Der Bengel hat mein Haus zerstört.«

»Nehmen Sie die Hände hoch!«, ertönte die Stimme ein zweites Mal. Sie klang jetzt näher. Und kräftiger. Entschlossener. Ich wendete meinen Kopf und erkannte Birk, wie er eine Pistole auf Schuhmacher richtete. Ein zweiter Polizist näherte sich meinem Widersacher. Schuhmachers Stiefelspitze tauchte vor meinem rechten Auge auf, dann war da nichts mehr.

27. Kapitel

Meine Welt war ein Karussell. Alles drehte sich. Einzig das schönste Lächeln dieser Welt erkannte ich, als ich meine Augen öffnete. Ich beobachtete, wie Jenny einen feuchten Lappen in eine Schüssel tauchte und ihn anschließend ausdrehte. Dann spürte ich den feuchten Lappen auf meinem Gesicht. Und immer, wenn der Waschlappen in die Nähe meiner Augen kam, durchzog mich ein leichter Schmerz.

»Du hast Glück gehabt.« Ich schaute Jenny fragend an. Was meinte sie?

»Hätte dich der Typ direkt im Auge getroffen, wärst du jetzt vielleicht auf einem Auge blind. Aber ich wäre trotzdem in dich verknallt. Auch wenn du halb blind wärst.«

Ich verzog meine Lippen zu einem Lächeln, was sich anfühlte, als stecke jemand haufenweise Nadeln in mein Gesicht.

»Ich kann mich an kaum etwas erinnern.«

»Aber du weißt schon noch, wie ich heiße?«

»Natürlich. Fabienne«, scherzte ich. Jenny riss die Augen auf.

»Das gibt Rache!«

»Oh nein. Bitte nicht.«

»Doch, doch. Strafe muss sein. Wenn dein Gesicht verheilt ist, werde ich dich totknutschen.« Verlegen drehte ich vorsichtig meinen Kopf zur Seite. Dabei schielte ich aber zu Jenny, weil ich hoffte, sie würde ihrer *Drohung* jetzt schon Taten folgen lassen. Immerhin streichelte sie sachte mit zwei Fingern über meine Wange.

»Wo bin ich überhaupt?«, fragte ich.

•

»Bei mir. Ich bin dir hinterhergelaufen, als du zu eurem alten Haus gelaufen bist. Als dann dieser komische Typ auf dich zustürmte, habe ich meinen Vater angerufen. Ich habe total geweint, weil ich so eine Angst um dich hatte.« Meine Finger suchten Jennys Hand.

»Ist ja nochmal gutgegangen«, murmelte ich.

»Naja, der hat dich ziemlich zugerichtet.«

»Wo ist er jetzt?«

»Erstmal im Gefängnis. Der hat auch nach den Polizisten geschlagen.«

»Krass!«

»Aber wenn du nochmal sowas Blödes vorhast, sag mir bitte vorher Bescheid, ja?«

»Hättest du mich denn aufgehalten?«

»Natürlich. Was glaubst du denn? Ich habe keine Lust, dass mein zweites Ich zusammengetreten wird.«

Ihr zweites Ich. Besser ließ sich das Band zwischen uns nicht beschreiben.

Jenny legte ihren Kopf auf meine Brust und lauschte meinem Herzschlag. Ihre krausen Haare kitzelten mir im Gesicht.

28. Kapitel

Die nächsten Tage ging ich nicht in die Schule. Mein Gesicht
sah aus wie nach einem Boxkampf und meine linke Hand war
dermaßen geschwollen, es hätte Uschis Hand sein können. Aber
das waren nicht die einzigen Gründe für mein Fernbleiben. Ich
hatte auch Bammel davor, Herrn Scholz zu begegnen. Während
ich also bei Jenny blieb, pflegte mich Susi, und Jenny brachte
mich zum Lachen. Die Nächte, wenn Jenny und ich auf der
Matratze lagen und engumschlungen einschliefen, waren das
Schönste. Ich wäre gerne zum Handballtraining gegangen. Aber
so, wie ich aussah, war das unmöglich. Und ich fragte mich, wie
ich Uschi begegnen sollte. Denn wenn Herr Scholz mein Vater
war, müsste ich Uschi Oma nennen.

Am Mittwoch war es mein schlechtes Gewissen, welches mich
meine Mutter im Krankenhaus besuchen ließ, während Jenny in
der Schule war. Auf der Station empfing mich wieder die Schwester mit dem Entenmund. Sie trug heute keine Maske und ihre
blonden Haare offen. Und mir fiel auf, dass sie kleiner als ich
war.

»Deine Mama sitzt im Aufenthaltsraum.«

»Danke«, sagte ich.

»Hinten links.«

Okay, sie deutete meinen fragenden Blick richtig.

Ich bedankte mich noch einmal. Kurz darauf empfing mich
meine Mutter mit einem Lächeln. Dieses Lächeln hielt aber nicht
lange an.

»Wie siehst du denn aus?«

Hatte meine Mutter schon wieder genug Kraft für die Wahrheit? Dein Ex-Freund hat mich verprügelt, nachdem ich die Fenster von seinem Haus eingeworfen habe. Außerdem stand bereits ein neuer zweiter Name am Klingelschild. Nein, ich behielt die Wahrheit für mich.

»Hast du dich geprügelt?«

»Ein bisschen.«

»Ich hoffe, du hast wenigstens gewonnen.«

Ja, das würde ich behaupten. Mein Widersacher saß immerhin im Gefängnis.

»War das deine Freundin, die letztens mit hier war? Die war ja süß. Aber ich erinnere mich. Sie war doch auch schon einmal bei uns.«

Ein Gentleman schweigt und genießt, aber ich schwieg, weil ich keine Lust hatte, darüber zu reden. Was nicht an Jenny lag, aber es gab Wichtigeres, was ich mit meiner Mutter zu besprechen hatte.

»Hast du Anzeige erstattet?«

»Wegen der blauen Flecken? Ja, habe ich. Aber wie geht es dir eigentlich?«

In der Olympiade für blöde Fragen hätte ich locker die Goldmedaille gewonnen. Natürlich ließen die Tränen meiner Mutter nicht lange auf sich warten. Ich zog einen Stuhl heran, setzte mich und versuchte im Sitzen, meine Mutter zu umarmen. Dabei fiel mir auf, dass ihr Gips am rechten Arm sich vom gestrigen Blau in ein Neongelb verwandelt hatte.

»Geht schon. Lass uns aufs Zimmer gehen. Annabell schläft gerade.«

Auf dem Weg ins Zimmer wechselten wir kein Wort.

Im Bettenzimmer mit der Nummer 07/13 angekommen, glotzte

mich Annabell an. Meine Mutter hob das kleine Menschending aus den Gitterbettchen und setzte sich auf ihr Bett.

»Es tut mir alles so leid.«

»Was tut dir leid?«

»Ich würde dir und Annabell so gerne eine richtige Familie bieten.«

»Mama, wir sind eine richtige Familie. Du, Annabell und ich. Niemand wird uns auseinanderreißen.«

Okay, Annabell und ich hatten unterschiedliche Familiennamen und es fehlte der Vater, aber anscheinend gab es dermaßen viele Arschloch-Väter, dass die mir alle gestohlen bleiben konnten.

»Dich trifft keine Schuld, Mama. Ich freue mich, wenn du bald wieder nach Hause kommst.«

Kaum ausgesprochen, schaute ich beschämend Richtung Deckenleuchte. Wir hatten ja kein Zuhause mehr.

»Ich habe eine tolle Nachricht für dich. Die Sozialstation hier im Krankenhaus hat eine neue Wohnung für uns.«

Ich erstarrte kurzzeitig zu Eis.

»Es sind zwar erstmal nur zwei Zimmer, aber es ist besser als nichts.«

»Und wo ist die Wohnung?«, fragte ich, weil ich Klarheit brauchte. Sofort.

»Reinickendorf. Es soll eine sehr ruhige Gegend sein.«

Ruhige Gegend, Reinickendorf ..., das klang nach Schwerinsdorf. Oder Flachsmoor. Irgendein Kuhkaff, das viel zu weit weg war.

Ich stand vom Bett auf und goss mir Wasser aus der Karaffe in ein Glas.

»Freust du dich denn gar nicht?«

Nein! Und der Grund dafür saß in der Schule und, ich schaute auf die Uhr, hatte Englisch mit dem Beautysalon.

»Mama, ich liebe Jenny. Und deswegen ziehe hier nicht mehr weg.«

Ich hoffte, meine Mutter verstand mich. Für nichts auf der Welt rückte ich von diesem Punkt ab. Nie-mals.

»Jenny? Ist das deine kleine Freundin?«

Ich starrte meine Mutter durch zwei Augenschlitze an. Sagte sie wirklich *kleine Freundin*? Nein, Jenny war keine kleine Freundin. Sie war meine große Liebe.

Dann sagte meine Mutter etwas, wofür ich sie gehasst hätte, wenn sie nicht meine Mutter gewesen wäre. Nie mehr hätte ich mit dieser Person ein Wort gewechselt.

»Schau mal, wenn du in Reinickendorf zur Schule gehst, findest du dort bestimmt auch eine Freundin. Weißt du, andere Mütter haben auch hübsche Töchter. Und so lange könnt ihr ja noch nicht zusammen sein.«

Wieder einer dieser Sprüche meiner Mutter.

Andere Mütter haben auch hübsche Töchter.

Aber nein, es war diesmal nicht irgendeiner. Es war der mit Abstand mieseste Spruch und ich hatte mich zu entscheiden. Rannte ich aus dem Zimmer oder schleuderte ich das Glas samt Wasser, welches ich in der Hand hielt, meiner Mutter ins Gesicht? Ich entschied mich für Variante drei. Ich wiederholte meinen Standpunkt nicht nur, ich mauerte ihn fest. Dachte ich zumindest.

»Mama, ich liebe nur Jenny. Außerdem wollen wir später heiraten. Nochmal! Ich ziehe hier nicht mehr weg.«

Mit einem »Ach du« kniff mir meine Mutter in die Seite. »Weißt du, dein Vater und ich haben uns auch früh kennengelernt. Wir waren nicht so jung wie ihr, aber wir träumten auch von einer gemeinsamen Zukunft. Und wie das endete, weißt du ja.«

Da wusste ich sogar mehr als du.

Minuten folgten, in denen wir schweigend auf dem Bett saßen. Wir beide, die jeweils mit einem blauen Auge davonkamen. Wir saßen zehn Minuten da, bis ich mich erhob.

»Ich geh dann mal wieder. Weißt du schon, wann du rauskommst?«

»Ich kann so lange hierbleiben, bis wir in die neue Wohnung können. Das dauert nur noch ein paar Tage.« Ich nickte besorgniserregend. »Und grüß deine kleine Freundin ganz lieb von mir.«

So langsam begriff ich, warum kein Mann es lange mit meiner Mutter aushielt.

Auf dem Rückweg zu Jenny stieg ich nicht in den Bus. Lieber stapfte ich durch den Herbstregen, der mir ins Gesicht peitschte. Das genoss ich. Weil es ein ostfriesisches Peitschen war. Die Angst, hier wieder wegzuziehen, schnürte mir den Hals zu. Ich lenkte mich mit Gedanken an Herrn Scholz ab. An meinen Klassenlehrer und Vater. Wie das wohl weiterging mit uns? Gedanken an meine Mutter unterdrückte ich lieber, sonst hätte ich meine Wut an Straßenlaternen und Mülleimern ausgelassen. Lieber irrte ich weiter durch die Straßen und ließ den Regen meinen Kopf durchspülen.

29. Kapitel

Am Abend lag ich neben Jenny. Auf unserem *Ehebett*. Das bestand zwar lediglich aus zwei auf dem Boden liegenden Matratzen, und bis zur Hochzeit würde es noch dauern, und doch waren es Momente, in denen ich betete, dass diese nie endeten. Wir lagen nebeneinander, Jenny streichelte über meine Arme und wir hörten nicht auf zu reden. Wir quatschten über unsere Zukunft, die es nur gemeinsam gab, und über unsere Vergangenheit. Ich erzählte von Ostfriesland, von Windmühlen und der Nordsee, von Pferden und Schafen auf den Weiden und Deichen und von Ebbe und Flut. Und von dem Besuch bei meiner Mutter und der neuen Wohnung in Reinickendorf. Ich hatte ja keine Ahnung, welchen Floh ich Jenny damit ins Ohr setzte.

»Weißt du was?« Ich schüttelte den Kopf. »Wir hauen ab. Bevor die uns trennen, sind wir längst über alle Berge.«

Ich schluckte. Das konnte ich Susi und Birk nicht antun. Die waren so nett zu mir, nahmen mich bei sich auf, da war es undenkbar, mit Jenny abzuhauen.

»Ich finde, wir sollten mit deinen Eltern darüber sprechen. Also, ich meine natürlich mit Susi und Birk. Die helfen uns bestimmt.«

»Und was sollen die machen? Deine Mutter davon abhalten, die neue Wohnung zu nehmen?«

»Vielleicht kann ich ja bei dir ...?«

»Das wird deine Mutter wohl kaum erlauben.«

»Ihr bleibt nichts anderes übrig. Sie kann mich ja nicht zwingen.«

»Nee, ich würde lieber mit dir abhauen. Nur du und ich. Die Unzertrennbaren.« Jennys Oberkörper schnellte nach oben. »Und weißt du, wohin wir gehen?«

»Nein! Wohin?«

»Das sage ich dir unterwegs. Lass uns ein paar Sachen zusammenpacken und dann weg hier.«

»Aber deine Eltern, also, ich meine ...«

Ich hatte keine Erklärung dafür, aber es gelang mir noch nicht, Susi und Birk, die Jenny wie ihre eigene Tochter behandelten, nicht als ihre Eltern zu sehen.

»Ach, die sind ganz entspannt.«

»Wenn du abhaust?«

»Das ist doch egal. Hauptsache, wir sind zusammen. Das ist das Wichtigste.«

»Das stimmt.«

Jenny kroch zu ihrem Kleiderschrank.

»Aber du bist dir wirklich sicher?«

»Ja. Du nicht?«

»Doch. Klar.«

Ich Lügner

»Dann komm. Bis Susi und Birk wach werden, müssen wir weit weg sein. Die werden uns überall suchen.«

Ich nickte, griff meine Tasche und packte meine Sachen zusammen. Viel war es ja nicht.

»Man, ist das aufregend.«

»Sag doch bitte, wohin du willst!«

»Wir müssen uns erstmal verstecken, bis die merken, dass sie uns nicht finden. Dann können wir weiter.«

»Ja, aber wohin?«

»Wir gehen dahin, wo du hergekommen bist.«

»Nach Ostfriesland?«

»Genau. Ich habe noch nie gesehen, wenn das Wasser weg ist. Und Schafe habe ich bisher auch nur im Tierpark gesehen. Nie in der freien Natur. In diesem Ostfriesland suchen wir uns ein altes, verlassenes Haus und verstecken uns.«

Jenny kicherte. Ostfriesland! Ich erinnerte mich an die Autofahrt aus Norden nach Berlin. Der Schläger-Schnauzer steuerte den Transporter über acht Stunden bis zum Ziel (mit Stau, Hupkonzerten und Schimpfwörtern, die ich im Leben niemals aussprechen würde). Wie lange wir dann wohl zu Fuß nach Ostfriesland brauchten? Und rund um Norden gab es auch keine verlassenen Häuser. Da gab es vor allem adrett-geschnittene Vorgärten. Soweit ich mich erinnerte, gab es irgendwo ein altes Schloss mit einem gigantischen Park. Aber *da* würden wir niemals reinkommen.

»Und du bist dir wirklich richtig sicher?«

Bitte, bitte, höre meine Bedenken.

»Wie oft denn noch? Ja!«

Du hast sie nicht gehört.

»Na gut.«

»Vielleicht verdienen wir irgendwann mal so viel Geld, dass wir das alte Haus dann kaufen und alles neu machen.«

Jenny schien sich wirklich sicher. Ich war es nicht. Aber sie hatte recht. Was blieb uns anderes übrig? Ich wollte ja auch nicht, dass man uns trennte. Also hatten wir keine Wahl. Das schlechte Gewissen, wenn ich an Susi und Birk dachte, würde bestimmt bald nachlassen. Hoffte ich. Jenny öffnete so langsam wie leise die Tür ihres Zimmers.

»Wir müssen nochmal in die Küche. Wir brauchen noch Proviant«, flüsterte sie.

»Okay. Ich folge dir einfach«, flüsterte ich zurück.

Jenny fasste meine Hand, gemeinsam stiegen wir auf leisen Sohlen die Treppen hinab.

»Boah, ich zittere richtig vor Aufregung.«

»Wie wollen wir eigentlich nach Ostfriesland kommen?«

Ich fand meine Frage berechtigt, denn zu Fuß war es viel zu weit. Doch Jenny kam nicht mehr dazu, zu antworten. Unten angekommen, schepperte es wie in einem Lampenladen. Jemand knipste das Licht an. Es war Birk, der wohl nicht schlafen konnte und vor Schreck sein Glas fallen ließ. Auf dem Parkett verteilte sich Orangensaft.

»Mein Gott, habt ihr mich erschreckt. Aber darf ich fragen, wo ihr um diese Zeit noch hinwollt?«

30. Kapitel

Am nächsten Morgen saßen wir am Frühstückstisch. Jenny plauderte, als hätte es diesen Vorfall in der letzten Nacht nicht gegeben. Aber in *mir* wuchs die Angst. Es war die Angst, Jenny zu verlieren. Und diese Angst raubte mir den Appetit. Susi und Birk schmissen mich heute bestimmt raus, ich müsste mit nach Reinickendorf ziehen und würde Jenny nur noch auf Fotos sehen.

»So, dann macht euch mal fertig ihr Zwei. Ich fahre euch zur Schule.«

»Cool, danke! Aber wenn du uns eh fährst, haben wir doch noch ein paar Minuten.«

»Nein, ich möchte gerne vor dem Unterricht mit eurem Klassenlehrer sprechen. Wir brauchen eine Lösung, mit der wir alle leben können. Ihr, wir und Bens Eltern.«

So furchtbar, wie ich vermutete, klang das erstmal nicht.

»Ihr wisst schon, dass das peinlich ist, wenn ihr schon wieder in der Schule aufkreuzt?«

Oh Jenny.

»Stellt ihr euch mal vor, ich komme bei euch auf der Arbeit angetrudelt und möchte mit eurem Chef sprechen.«

»Das kannst du nicht vergleichen.«

»Ach, und wieso nicht?«

»Weil wir in der letzten Nacht nicht abhauen wollten«, brachte es ihre Ziehmutter auf den Punkt. Aber Jenny zeigte kein Einsehen.

»Das hat damit gar nichts zu tun.«

»Doch. Denn genau darüber möchten wir mit eurem Lehrer sprechen.«

Mit jedem Satz verschlimmerte es Jenny.

Bitte, halte deinen Mund. Nur jetzt mal. Ausnahmsweise.

»Auch wenn ihr da aufkreuzt, wir können trotzdem abhauen. Das könnt ihr nicht verhindern. Wir lassen uns nicht trennen und einsperren könnt ihr uns auch nicht. Das ist verboten.«

»Wir wollen es nicht verhindern. Wir wollen euch den Grund nehmen, abzuhauen. Etwas scheint euch sehr zu beschäftigen und wir wissen ja, was es ist. Und deshalb muss eine Lösung her.«

»Aber wir trennen uns nicht. Niemals!«

»Das müsst ihr auch nicht.«

»Dann ist ja alles geklärt und alle sind glücklich. Aber ihr wisst, was passiert, wenn ihr euer Versprechen brecht?« Mit Wonne biss Jenny in ein Nudossi-Brötchen.

»Von einem Versprechen haben wir nichts gesagt. Zumindest kann ich mich daran nicht erinnern. Wir haben nur gesagt, dass ihr euch nicht trennen müsst«, mischte sich jetzt auch Birk ein.

»Und selbst wenn, man kann sich doch trotzdem noch ...«

»Vergiss es einfach, Susi. Denk nicht mal dran.«

»Na los, wir müssen.«

Eine halbe Stunde später saßen wir Kermit im Klassenzimmer gegenüber. Wir, das waren Jenny, ihre Pflegeeltern und ich. Fünf Personen saßen in diesem riesigen Raum, den ich bisher nur als Sardinenbüchse kannte, in der die Schüler fast aufeinander-saßen. Das war aber nicht der Grund, weshalb es mir schwerfiel, meinen Klassenlehrer anzuschauen. Schämte ich mich? Und wenn ja, wofür?

»Wir müssen eine Lösung finden, mit der alle leben können«,

hörte ich Susi die Worte wiederholen, die sie schon am Frühstückstisch sprach. Mein Lehrer und Vater bejahten stumm. Jetzt wusste ich, woher ich dieses andauernde Nicken hatte. Meine Gefühle waren jetzt wie Therme berechnen. Therme ließen mich genauso verwirrt zurück, weshalb ich diesen Dingern möglichst aus dem Weg ging. Aber meinen Gefühlen konnte ich nicht aus dem Weg gehen. Die waren ein Teil von mir. Und das machte die Sache so kompliziert.

»Ihr scheint euch sehr zu lieben.«

Ich glotzte doof. War da wirklich mal jemand, der uns verstand? Ich glaubte es nicht.

»Aber trotzdem könnt ihr nicht einfach abhauen.«

Okay, es stimmte auch nicht.

»Doch, das können wir. Und wir werden abhauen, wenn uns jemand trennen möchte.«

»Jenny, niemand möchte euch trennen«, flehte und mahnte Susi gleichzeitig.

»Also, ich habe folgenden Plan. Ihr gebt uns euer Versprechen, nicht abzuhauen, und wir geben euch das Versprechen, alles für eine Lösung zu tun, die euch nicht auseinanderreißt. Aber: Wir müssen uns auf euch verlassen können.«

Zu den Worten unseres Lehrers wackelten die Köpfe von Susi und Birk rhythmisch auf und ab.

Dieses andauernde Nicken nervte. Das musste ich mir unbedingt abgewöhnen.

»Was sagt ihr dazu?«

»Wir müssen uns erst beraten.« Jennys Worte klangen, als stünden wir hier vor Gericht.

»Dann bitte.«

Jenny nahm meine Hand und zog mich aus der Tür auf den

Schulflur. Und kaum war die Tür hinter uns geschlossen, liefen Jennys Stimmbänder heiß.

»Weißt du was? Es ist so schade, dass wir unsere Sachen nicht dabeihaben. Am liebsten würde ich jetzt sofort weglaufen und mich irgendwo verstecken. Irgendwo, wo uns niemand finden kann. Oder glaubst du ernsthaft, dass die ihr Versprechen halten?«

Doch, das glaubte ich. Vielleicht, weil ich Jennys Pflegeeltern als mega-kompromissbereit erlebte. Und ich war kurz davor, dass Jenny auch zu sagen. Aber ich hatte keine Lust auf Streit. Nicht mit Jenny.

»Die können mich mal kreuzweise. Mir ist total egal, ob die sich Sorgen machen. Ich will einfach nur mit dir zusammen sein. Und wenn ich dafür abhauen muss, mach ich das. Kein Problem. Aber sag doch mal, was denkst du darüber?«

»Ich ..., ich würde, glaube ich, ... das Angebot annehmen.«

»Was? Echt? Möchtest du nicht mehr mit mir abhauen?«

»Mir ist nur wichtig, dass wir zusammen sind.

»Ja, mir auch, aber ich will kein Risiko eingehen.«

»Ich glaub nicht, dass das ein Risiko ist. Und wenn, wir können ja immer noch abhauen.«

Zum ersten Mal gelang es mir, Jenny von meiner Meinung zu überzeugen. Unglaublich!

Wir kehrten ins Klassenzimmer zurück und Jenny verkündete zähneknirschend, dass wir das Angebot der Erwachsenen annahmen. Und wir versprachen, unseren Plan, abzuhauen, erstmal einzubuddeln. Susanna schaute zur Deckenleuchte, als würde sie ein Halleluja von sich geben. Birk pustete unüberhörbar aus. Er klang, als hätte jemand ein Ventil an ihm geöffnet, aus welchem nun die Luft (oder die Anspannung) wich.

Nach dem Gespräch plätscherte der weitere Schultag dahin wie ein Priel. Nur die Gefahr, mitgerissen zu werden, war gering.

Ich geizte mit meiner Anwesenheit. Körperlich war ich da, aber in Gedanken küsste ich Jenny, die neben mir saß, und ich dachte an Reinickendorf.

Nach dem Schultag saßen Jenny und ich in einem Mercedes 280 CE, der ähnlich alt war wie sein Fahrer, Hajo Scholz. Gemeinsam fuhren wir ins Krankenhaus. Mit der Hilfe von Hajo wollten wir den Umzug nach Reinickendorf erstmal hinauszögern. Wir brauchten eine Alternative. Eine alternative Wohnung hier in der Gegend. Und mein Vater versprach, dabei zu helfen. Genauso wie Jennys Pflegeeltern. Ich fieberte dem Moment entgegen, in dem meine Mutter und mein Vater aufeinandertrafen. Bei dieser Vorstellung biss ich mir auf die Lippen und presste mich in das hellbraune Leder der Rückbank. Ich erwartete nicht, dass meine Eltern wieder zusammenkamen. Aber für all die Sprüche, die meine Mutter abschoss, war das ein genialer Rachefeldzug. Ich warf meinen Vater in die Schlacht, um hier nicht wieder wegzuziehen. Und für jedes

Deine kleine Freundin,
andere Mütter haben auch schöne Töchter,
du findest auch eine neue Freundin
sollte meine Mutter büßen.

»Bist du aufgeregt?«, fragte Jenny in meine Richtung.

»Geht so.«

»Also, ich bin total aufgeregt. Wie deine Mutter wohl reagieren wird?«

Ja, diese Reaktion stellte ich mir witzig vor.

»Total cool, du stellst deiner Mama deinen Lehrer vor und dann sagst du, dass das eigentlich dein Papa ist.«

Naja, ich rechnete schon damit, dass meine Mutter ihren Ex-Freund wiedererkannte.

»Oder?«

»Was?«

»Na, wie findest du das?«

»Ach so, naja, ich finde ... also, ... ich denke, ..., eigentlich denke ich nichts.«

»Aber man kann doch nicht nichts denken. An irgendwas denkt man doch immer. Ich denke zum Beispiel ganz oft daran, wie wir heute Abend wieder nebeneinander einschlafen und dabei unsere Hände halten.«

»Ja, das wird schön.«

»Auf jeden Fall. Weißt du, mir ist mal eingefallen, dass ich voll das langweilige Leben habe. Und erst, als du mir begegnet bist, wurde es spannend. Susi und Birk streiten sich nie, in der Schule läuft es gut und das war es dann auch. Ist doch langweilig, oder?«

»Weiß nicht ...«.

»Wie, weißt du nicht? Musst du doch wissen. Ich finde dein Leben viel interessanter. So richtig mit Höhen und Tiefen und rauf und runter und so. Du sagst ja gar nichts dazu.«

Ja, das hatten wir schon mal. Wie sollte ich was sagen, wenn Jenny ununterbrochen redete? Und was sollte ich überhaupt erzählen? Dass Jennys Leben genauso spannend war, weil sie keine Eltern mehr hatte? Okay, vielleicht einen Vater. Irgendwo. Aber sie lebte bei Pflegeeltern. Langweilig fand ich das nicht.

Ich lauschte weiter Jennys Stimme.

»Herr Scholz, wissen Sie, wir werden, sobald wir dürfen, heiraten. Wussten Sie das schon?«

»Nein, das wusste ich noch nicht«, ertönte es lachend vom Fahrersitz.

»Sie können dann auf jeden Fall auch kommen.«

Dieses Thema war dann doch peinlich. Vor allem vor meinem leiblichen Vater, den ich erst vor kurzem kennenlernte.

»Sie müssen uns auch nichts schenken. Wissen Sie, es ist das größte Geschenk, wenn Sie da sind. Das reicht. Ich meine, als Lehrer verdient man ja nicht so viel Geld.«

Endlich kamen wir am Krankenhaus an. Doch Jenny redete weiter.

»So, wir müssen jetzt alle mal leise sein«, meinte Hajo, als wir vor der Tür zur Krankenstation standen, auf der meine Mutter lag. Ich fand die Worte meines Vaters wirklich clever. *Wir* müssen jetzt alle mal leise sein. Die Einzige, die redete, war Jenny. Aber die verstand die Botschaft und bohrte ihre Schneidezähne in ihre Unterlippe. Schmerzte das nicht? Hajo traute sich wohl nicht, vorzugehen. Ich auch nicht. Und so liefen wir, wie eine Gang, nebeneinander den Stationsflur entlang. Jenny hielt meine Hand und kaute weiter auf ihrer Unterlippe herum. Wir schritten am Schwesternzimmer vorbei und die Stationsschwester mit dem süßen Entenmund winkte uns zu.

»Klopfst du?«, fragte mich mein Vater und sendete damit die klare Botschaft aus, dass er sich nicht traute. Ich tippte mit dem Rücken meines Zeigefingers vorsichtig gegen die Tür, dann öffnete ich. Die Spannung stieg, ehe sie ins Bodenlose sank. Das Bett meiner Mutter war leer. Immerhin lagen ihre Sachen auf dem Beistelltischchen. Ich zog die Tür wieder zu, wir drehten uns um und erstarrten. Außer Jenny. Jenny redete wieder drauflos.

»Hallo Frau Grützemacher, wir dachten schon, Sie wären entlassen worden. Aber zum Glück sind Sie noch hier.«

Meine Mutter schaute mit aufgerissenen Augen auf den Mann neben Jenny.

»Kennen Sie schon Hajo Scholz? Das ist unser Klassenlehrer. Der wollte unbedingt mit Ihnen sprechen. Es geht um den Umzug nach Reinickendorf. Ben möchte nämlich nicht umziehen. Wenn Ben umziehen muss, hauen wir vorher ab.«

Ey, Jenny! Bitte sei ruhig!

»Was wird das hier bitte?« Meine Mutter erkannte meinen Vater sofort.

»Wir müssen uns unterhalten. Vielleicht können wir irgendwo ungestört ...«

»Es ist wirklich wichtig. Es geht um eine ernste Angelegenheit«, mischte sich Jenny wieder ein.

»Ja, tatsächlich. Es ist wirklich wichtig«, bestätigte mein Vater.

»Ich wüsste nicht, was ich mit dir zu besprechen habe.«

In einer Springflut aus Tränen schwamm meine Mutter an uns vorbei, suchte Zuflucht in ihrem Zimmer und sorgte mit einem ohrenbetäubenden Knall dafür, dass ich mir meine Ohren zuhielt.

»Ich glaube, das wird nichts.«

»Doch. Das wird was! Sie müssen nur dranbleiben. Denken Sie daran, was Sie uns versprochen haben.«

Herr Scholz pustete kräftig durch.

»Also gut!«

Mein Vater öffnete die Zimmertür und machte sich auf, meiner Mutter zu folgen. Jenny und ich folgten meinem Vater.

»Mareike ...« auch der zweite Versuch scheiterte, noch bevor er startete.

»Was fällt euch ein, diesen Menschen hier anzuschleppen?

Habe ich nicht genug Probleme am Hals?«

»Moment, nicht die Kinder haben mich angeschleppt, *du* hast unseren Sohn nach Berlin gebracht, ihn auf *der* Schule angemeldet, auf der ich unterrichte, und zufällig kam Ben in die Klasse, in der ich Klassenlehrer bin.«

»Also, das ist ja ...«

»Das ist jetzt so und wir müssen das Beste daraus machen. Ich bin hier aber nicht als Lehrer, sondern als Vater von unserem Sohn.« Das Wort *unsere* stach aus Hajos Worten besonders hervor. »Unser Sohn hat ein Problem. Und wir haben die verdammte Pflicht, ihm beizustehen. Ich werde ihn jedenfalls unterstützen, wenn ich ihn schon nicht in seinem bisherigen Leben unterstützen durfte.«

»Jetzt reichts! Verlasse sofort mein Zimmer. Sonst rufe ich die Schwester. Und ihr beide könnt mitgehen. Ich möchte euch heute nicht mehr sehen.«

31. Kapitel

Wieder zurück bei Jenny suchte diese Zuflucht hinter ihrer Staffelei. Ich nutzte Jennys Bilder an der Wand, um Orientierung zu finden. Es gab ja sonst nichts, an was ich mich noch orientieren konnte. Da war meine Mutter, aber die schien selbst ohne jede Orientierung. Jennys Eltern und mein Vater wollten mir so gerne die Richtung vorgeben, scheiterten aber vor allem an Mareike Grützemacher. Für Jenny zählte einzig, dass wir heute glücklich sind. Aber was war morgen? Das schien Jenny heute egal. Es war also meine Vernunft, die Jennys bedingungslosem Wunsch, abzuhauen, im Wege stand. Neben mir auf dem Bett saß Susi, die sich immer wieder mit ihren Händen durchs Gesicht glitt. Vielleicht, weil sie das, was sich im Krankenhaus abspielte, nicht glauben konnte. Sie war ja nicht dabei und musste daher unseren Schilderungen Glauben schenken. Immer, wenn Susanna ihre Hände vom Gesicht nahm, war das, was wir berichtet hatten, immer noch real. Und jedes Mal, wenn Susi dies zu begreifen schien, glitten ihre Hände wieder durch ihr helles Gesicht. Das wiederholte sich bestimmt viermal.

Ich schaute weiter die Bilder an der Wand an. Dabei fiel mir Jennys Spruch ein, den sie von sich gab, als wir auf der Mauer saßen und in die Zukunft schauten. Jenny sagte damals, dass auf ihren Bildern alle Menschen die gleiche Hautfarbe hatten. Und das stimmte. Alle Bilder zeichnete sie mit Bleistift oder Kohle. Und diese Kohle wanderte jetzt auch auf der Staffelei mal vor, mal zurück, mal schnell, mal langsam. Auch wenn ich nur die Rückseite der Staffelei sah, das Tempo, mit dem Jenny malte, konnte ich gut erkennen. Ihre Mutter saß noch immer auf dem Bett, begrub ihr Gesicht jetzt aber völlig in ihren Händen. Das sah aus, als hätte sie aufgegeben. Ich schaute wieder zu Jenny, die in ihre Zeichnung vertieft war, dann wieder zu Susanna. Die schaute jetzt zu mir. Mit einem Blick, als wollte sie sagen: *Wir versuchen alles. Aber wir kommen einfach nicht weiter. Es tut mir leid.*

Dann nahm sie mich in den Arm. Das tat gut. Auch wenn diese Geste perfekt zu Hajos Worten passte, als wir das Krankenhaus verließen. Seine Worte drückten auch nicht mehr Hoffnung aus.

»Wir geben nicht auf!«

Was sollte er auch sonst sagen? Das wars? Du ziehst nach Reinickendorf, tschö mit Ö und Ciao mit Au? Ihm waren die Folgen ja bewusst. Das, was heute Nachmittag im Krankenhaus passierte, ließ nicht nur meine Angst, hier wieder wegzuziehen, weiterwachsen. Auch die Angst meines Vaters wuchs. Dem war ich mir sicher. Nur wieso seine Angst wuchs, das konnte ich mir nicht erklären.

»Was malst du da?«, fragte Susanna. Jenny schaute ihre Pflegemutter an und drehte die Staffelei um.

Das sah grandios aus, was Jenny gezeichnet hatte.

Ich erkannte eine Höhle und in dieser Höhle saßen zwei Menschen, die Jenny und mir ähnelte. Neben der Höhle erkannte ich links Feuer und rechts eine Eisscholle.

»Jenny, was soll das?« Doch Jenny tat ganz unschuldig.

»Was meinst du?«

»Ihr könnt uns nicht erpressen.«

»Und ihr könnt mit uns nicht machen, was ihr wollt. Nur weil ein paar Leute ihr Leben nicht im Griff haben.«

Okay, damit schoss Jenny gegen meine Mutter. Aber ich war

Jenny nicht böse. Sie hatte ja recht.

»Du hast dir eine wirklich sture Freundin ausgesucht, weißt du das?« Ich lächelte. Unten klingelte das Telefon.

»Ich werde dann mal.« Susanna stand auf und trottete aus der Tür hinunter ins Wohnzimmer. Ich saß weiter auf dem Bett und schaute Jenny beim Zeichnen zu.

»Weißt du, wenn wir abhauen, brauchen wir auch Essen. Würdest du dich trauen zu containern? Ich habe neulich was darüber gelesen. Da klettert man in die Müllcontainer von Supermärkten und holt sich das Essen raus. Vieles ist da nicht einmal abgelaufen. Also, ich würde das machen. Für dich würde ich alles machen. Wirklich.«

Jenny hörte nicht mehr auf zu reden. Ich war froh, selber nichts sagen zu müssen. Auch wenn sie mich etwas fragte, Jenny ließ mich nicht zu Wort kommen. Ich fand, da ergänzten wir uns. Und wenn sie doch mal zu viel redete, küsste ich sie. Wenn ich Jenny küsste, konnte sie nicht reden. Aus dem Wohnzimmer hörte ich Susis Stimme. Sie telefonierte noch immer.

»Und? Würdest du für uns containern?«

»Was? Ich? Klar. Ich würde für dich auch alles machen. Wirklich.«

Jenny kam hinter der Staffelei hervor und auf mich zu. Ihr Gesicht sah auf einmal so anders aus. So wie damals, als wir vor meiner Haustür (was jetzt nicht mehr meine Haustür war) standen und sie meinte, dass meine Mutter mich brauchte.

»Ich habe Angst. Ich will dich nicht verlieren. Ich will weg hier. Mit dir. Bitte. Heute Nacht. Ich kann auf alles im Leben verzichten, aber nicht auf dich.«

Jenny warf ihre Brille auf die Matratze und schaute mir in die Augen. Jedes Wort, das sie sprach, klang so ehrlich. Und ich fühlte wie sie. Wirklich. Nur hatte ich nicht mehr die Kraft und den Mut abzuhauen. Beides hatte ich irgendwo verloren. Ich hatte nicht mal mehr den Mut, um Jenny das zu sagen.

Und da war noch meine verdammte Vernunft, die sich mir als Fels in den Weg stellte.

Dann drückten wir uns so fest aneinander, dass ich Angst hatte, Jenny wehzutun. Aber das konnte nicht sein. Sie drückte mich ja auch an sich. So fest, dass mir das Atmen schwerfiel. Es dämmerte mir. Wieder diese Sportstunde. Der 30-Minuten-Lauf, als ich mich spüren wollte. Genauso erging es mir jetzt. Ich spürte mich, aber ich spürte auch Jenny. Und das war unsagbar gut. Das war mehr als gut. Ich spürte mich, ich spürte Jenny, ich fühlte mich frei und spürte etwas Nasses auf meiner Schulter. Es waren Jennys Tränen.

»Ich habe Angst!«, flüsterte sie.

»Brauchst du nicht!«, flüsterte ich zurück und strich Jenny durch ihr ungestümes Haar.

»Versprichst du mir, dass wir für immer zusammenbleiben?«

»Ich verspreche es dir.«

Jennys Mutter rief aus dem Wohnzimmer. Wir sollten bitte runterkommen.

32. Kapitel

Dreißig Minuten später saßen wir alle am Tisch im Wohnzimmer von Jennys Zuhause. Wirklich alle. Rechts von mir saß Jenny, links Susanna. Und rechts von Jenny saß Birk. Und es war genau diese Sitzordnung, die mir das Atmen erschwerte. Wir waren von Susi und Birk umzingelt. Eine Flucht war unmöglich. Es war klar, was kam. Uns gegenüber saßen meine Mutter und mein Vater. Zwischen den beiden passte eine ganze Welt. Was mir in diesem Moment aber egal war.

»Was soll das hier? Ich möchte eine Erklärung.«

»Jenny, bitte!«

»Susi, bitte. Ich bin müde und möchte ins Bett.« Damit wusste jeder, dass auch Jenny klar war, warum wir hier saßen. Aber auch sie wollte es nicht wahrhaben.

Mein Vater meldete sich zu Wort. Hätte er das mal lieber nicht getan.

»Ich schwöre euch, wir haben alles versucht, aber es geht nicht.«

3, ... 2 ..., 1 ...

»Neeeiiiin!« Jennys Stuhl knallte gegen die Wand hinter ihr. Ich sprang ebenfalls auf, um sie zu trösten, aber ihr Vater war schneller und umklammerte sie.

»Jenny bitte, lass uns doch erstmal ausreden. Beruhige dich doch.«

Wie sollte sich Jenny beruhigen? Ihr Körper zitterte, als klebte sie an einem Stromkabel. Sie weinte, sie schrie. Birk hatte Mühe, sie festzuhalten. Sie wand sich in seinen Armen, trat um sich.

Ihre Brille fiel zu Boden. So hatte ich Jenny noch nie erlebt.

»Lass miiich!«, schrie sie. »Lass mich looos!«

»Jenny, bitte beruhige dich.«

Ich weiß nicht, woher sie die Kraft schöpfte, aber sie entkam aus Birks Armen. Und der hatte Kraft. Der war schließlich Polizist. Dann rannte Jenny nach oben, ich hinterher. In ihrem Zimmer schlug sie nach allem, was greifbar war. Vor allem ihre Bilder hielten ihren Schlägen nicht stand. All ihre Kunstwerke zerrte sie von der Wand, riss sie auseinander, schlug dagegen oder trat hinein. Dann stand sie da. Wie eine Dampflok, die den Endbahnhof erreichte. Ja, so wie Jenny in diesem Moment, klangen früher bestimmt die Dampflokomotiven. Sie schaute mich an.

»Ich liebe dich!« Sie klang erschöpft.

»Ich dich auch.«

»Du hast mir was versprochen.«

»Ich weiß!« Jenny strich ihre Haare zurück.

»Glaub ja nicht, dass du mich nochmal loswirst.«

»Glaub ja nicht, dass ich das will.«

»Ich liebe dich.«

»Ich dich auch!«, lachte ich. »Ich werde dich immer lieben. Du wirst mich auch nicht mehr los. Das verspreche ich dir.«

»Und was machen wir jetzt? Abhauen können wir nicht, wenn diese Lügner unten sitzen.«

»Wir könnten aus dem Fenster springen, aber das wäre vielleicht etwas hoch.«

»Ich will ja mit dir zusammenbleiben und mich nicht umbringen.«

Ich war erleichtert, dass Jenny endlich wieder lachen konnte.

»Weißt du, was ich machen würde?«

Jennys braune Augen schauten mich voller Erwartung an.

»Ich würde nach unten gehen und mir erstmal anhören, was die sagen wollen. Vielleicht ist es ja gar nicht so schlimm.«

»Du willst wieder runter?« Da ich mir das Nicken ja abgewöhnen wollte, schaute ich Jenny nur an. Sie verstand trotzdem.

»Okay, aber ich komme nur für dich nochmal mit runter.«

Während des weiteren Gesprächs hielt Jenny meine Hand. Sie presste von Minute zu Minute fester zu.

Susi und Birk versuchten alles. Sie nahmen Jenny und mich ernst, sie wollten auf uns eingehen. Was vielleicht daran lag, dass beiden klar war, Jenny würde ihre Drohung wahrmachen. Jenny war da rigoros. Zur Not würde sie mich an der Leine hinterherziehen. Bis nach Ostfriesland, bis nach Afrika oder bis zum nächstgelegenen Versteck. Hauptsache, wir blieben zusammen.

Hajo wirkte mit der Gesamtsituation überfordert, meine Mutter fragte sich vermutlich, wieso sie hier saß, während Jennys Pflegeeltern jede Option auf den Tisch hauten, die denkbar war. Konnte ich vielleicht unter der Woche bei ihnen wohnen? Oder vielleicht bei meinem Vater? Wäre der tägliche Schulweg aus Reinickendorf in den äußersten Südosten Berlins irgendwie machbar? Und während Susi und Birk alle Chancen ausloteten, erkannte ich das wahre Problem. Dieses Problem saß links von mir am anderen Ende des Tisches und streichelte über ihren Gipsarm. Meine Mutter sagte kaum etwas, aber sie drückte klar aus, dass es für sie keine Optionen gab. Selbstverständlich zog ich mit nach Reinickendorf und wenn es nach meiner Mutter ging, wechselte ich auch die Schule. Jetzt, wo sie wusste, dass mein Vater mein Klassenlehrer war. Es war diese Kompromisslosigkeit, die mich aufregte. Es war diese Kompromisslosigkeit, die mein Innerstes kochen ließ. Und je länger ich meine Mutter ansah, desto mehr erhöhte jemand die Temperatur in mir. Gleichzeitig schämte ich mich für meine Gefühle, weil ich meiner Mutter am liebsten an den Hals gesprungen wäre. Jeden Vorschlag wiegelte sie allein durch ihre Körpersprache ab. Und eines drückte sie durch ihre Gestik ebenfalls aus. Niemanden, wirklich niemanden hier im Raum nahm sie ernst. Wahrscheinlich nicht einmal sich selbst.

Jenny schaute meine Mutter nicht mehr an, Birk schüttelte nur noch den Kopf und Susanna suchte den Blickkontakt mit der Tischplatte.

Weit nach Mitternacht war das Gespräch verebbt. Jenny und ich waren zu müde, um noch irgendwas zu entgegnen. Stumm schlichen wir die Treppe hinauf und fielen auf unsere Matratze.

33. Kapitel

Jenny presste sich an mich und schlief erschöpft ein. Ich schloss ebenfalls meine Augen, aber die Stimmen aus dem unteren Stockwerk hielten mich wach. Und die Stimmen in meinem Kopf auch. Deshalb hielt ich es auch keine drei Minuten am Stück aus, meine Augen geschlossen zu halten. Hilflosigkeit mutierte zu Schlaflosigkeit. Und mir lief der Schweiß die Stirn entlang, obwohl das Fenster angeklappt war. Eigentlich hätte ich Jenny von mir herunterschieben müssen, aber das brachte ich nicht fertig. Lieber schwitzte ich. Ich lauschte den Stimmen, die aus dem Wohnzimmer nach oben drangen. Worte waren schwer zu verstehen. Dann hörte ich meine Mutter. Es war ohne Zweifel meine Mutter, die wie eine Henne gackerte. Es half nichts. Behutsam zog ich meinen Körper unter Jennys hervor. Trotz der Dunkelheit erkannte ich, dass sie kurz die Augen öffnete. Sie rutschte ein Stück hinunter, legte ihren Wuschelkopf auf meinen Bauch und ihre Hand um meine Taille. Jetzt war mir nicht mehr heiß und ich konnte auf Jennys Kopf hinunterschauen. Ihre Haare standen nach allen Seiten ab. Jenny war wie ihre Frisur. Klar war es möglich, sie für einen Moment zu bändigen, aber eigentlich war es sinnlos. Sachte küsste ich ihre Haare. Einmal, zweimal, dreimal. Nur ihre Haare, nicht ihren Kopf. Dafür lag sie auch zu weit unten.

Am nächsten Morgen weckte mich das Rauschen der Dusche. Auch wenn ich selbst nicht drunter stand, half mir das Wasserrauschen, meine Gedanken am Morgen zu sortieren. Für ein paar Minuten war ich wohl doch eingenickt. Länger konnte es nicht gewesen sein, denn ich hatte das Gefühl, die Nacht unter einem Lastwagen verbracht zu haben. Ein Lastwagen, von dem die ganze Zeit der Motor lief. Dabei schnarchte Jenny nicht. Ich schaute auf die Uhr. Okay, ich hatte dann doch länger geschlafen, aber an dem Gefühl mit dem Lastwagen und dem Motor änderte das nichts. Jemand drehte die Dusche ab. Dann war es Jenny, die, nur mit einem Handtuch bekleidet, ins Zimmer zurückkam.

»Ui, voll kalt«, hörte ich sie eher zu sich selbst sprechen, als vor dem Kleiderschrank das Handtuch zu Boden fiel. Sie zog ein paar Klamotten aus dem Schrank und zog sich erst einen Slip und dann ihren BH an. Ich schämte mich dafür, aber weggucken war unmöglich. Schlimmer noch. Ich saß da wie ein Örnie, der den Mund nicht mehr zubekam. Und das hatte einen Grund: Das, was ich in diesem Moment erblickte, sah so anders aus, als ich es mir vorstellte. So hätte ich mir Jennys Körper im Traum nicht vorzustellen gewagt. Mit Unterwäsche bekleidet kam Jenny auf mich zu und hockte sich zu mir hinunter. Sie schloss ihre Augen und meine Zunge klebte an einem Elektrozaun. Und auch wenn wir uns inzwischen öfter küssten, noch nie trug Jenny dabei nur einen hellblauen Slip und einen BH. An diesem Morgen sah man Jenny die Sorge, dass ich bald wieder wegziehe, nicht an. Das lag an ihrer Idee, welche sie Susi und mir am Frühstückstisch auftischte. Zuerst gelang es mir nicht, Jenny zu verstehen. Das lag aber ausnahmsweise nicht an mir, sondern an der Unmenge an Schokopops und der Milch in ihrem Mund. Jenny schaute zu mir und ich fragte stumm, was sie überhaupt meinte. Mit *mmmmpppffffideemmmmpppfff* und einem Geschmatze, mit welchem Jenny im Schweinestall konkurrenzlos gewesen wäre, konnte ich nichts anfangen. Und das machte ich eben durch meinen Gesichtsausdruck deutlich. Es war nicht meine Absicht, aber durch meine Mimik löste ich bei Jenny einen Lachflash aus. Sie versuchte noch, gegen diesen anzukämpfen, sie hustete, hielt sich ihre Hand vor den Mund, vergebens.

Kurz darauf schmückten halbzerkaute Pops und Milchspritzer den Tisch und den Küchenboden. Selbst das triste Grau meiner Hose wirkte jetzt regelrecht farbenfroh. Wenn noch irgendwer in der Nachbarschaft geschlafen hatte, wurde er an diesem Morgen von einem fulminanten Gefeixe geweckt. Immerhin bekam ich, dank Jenny, endlich die Möglichkeit, mich bei Susi und Birk für all ihre Mühen zu revanchieren. Mit drei Lappen und jeder Menge *Zewa*-Tüchern pendelte ich zwischen Waschbecken und Frühstückstisch, um die Pops und die Milch wieder vom Tisch und vom Boden zu entfernen. Als ich mich mit einer sauberen Hose zurück an den Esstisch setzte, war Jenny endlich in der Lage, so zu sprechen, dass alle verstanden, was sie meinte.

»Ich habe voll die gute Idee. Ihr habt mich doch als Pflegekind aufgenommen. Dann könnt Ihr *den da* doch auch als Pflegekind aufnehmen.« Jenny deutete mit ihrem Zeigefinger und einem siegessicheren Lächeln auf mich. Ich fragte mich gar nicht erst, was ich von dieser Idee hielt, denn die Chancen, diese umzusetzen, lagen bei minus 10. Oder noch tiefer. Und das machte auch Susi deutlich.

In der Schule merkte ich, je länger der Tag dauerte, wie schlecht ich in der letzten Nacht schlief. In der ersten und zweiten Unterrichtsstunde ließ ich mich noch von Jennys Energie anstecken. Sie hatte ja genug davon. In der dritten Stunde bekam ich noch mit, wie Kermit der Klasse das neue Thema in Biologie vorstellte und wie sich jemand beschwerte, dass die Luft wie in einer Sauna wäre. Die Schüler, die an der Fensterseite saßen, weigerten sich aber, diese zu öffnen. Das forderte meine Müdigkeit noch mehr heraus. Und das menschliche Gehirn hatte ich letztes Jahr bereits durchgenommen. Dann schaltete doch jemand das Licht an. Ich hob meinen Kopf vom Tisch und Jenny fragte, ob ich von ihr geträumt hätte. Ein paar Köpfe drehten sich zu mir und kicherten.

»Alter, du bist ja voll drauf«, ließ mich Herr Marlon wissen. Und auch Fabienne schenkte mir einen herablassenden Blick.

»Sag mal, hast du von mir geträumt?«

»Was? Ich weiß nicht. Glaub nicht.«

»Also, hier hast du jedenfalls nichts verpasst.«

Ich hätte mich weniger geschämt, wenn Jenny geflüstert hätte. Aber alle in der Klasse hörten, was sie sagte. Herr Scholz eingenommen.

»Warum hast du mich nicht geweckt?«, flüsterte ich.

Aber Jenny flüsterte nicht zurück. Im Gegenteil.

»Du sahst so süß aus. Und deine Lippen haben sich ganz leicht bewegt.« Wieder ertönte vereinzeltes Lachen. Aber Jenny schaffte es nicht, dass ich böse auf sie war. Das hätte sie nie geschafft. Und es war ja mein Fehler. Ich war es, der im Bio-Unterricht einschlief. Nicht sie. Nach der Pause erwartete die Klasse Frau Deutschländer. Die war aber krank. Deswegen hieß unser Vertretungslehrer Herr Scholz. Aber das blieb in dieser Unterrichtsstunde nicht die einzige Überraschung.

»So, Ben hat ja jetzt ausgeschlafen, hoffe ich. Daher möchte ich nun ein paar Worte an euch richten«, sprach mein Vater und stellte sich vor den Lehrertisch. Hajo wirkte wieder wie Kermit der Frosch, der im Fernsehen etwas erklärte, was die Kinder an den Bildschirmen verstehen sollten. Ich verstand es, denn in mir vergoss jemand Freudentränen. Jenny schien es auch zu verstehen. Sie schaute zu mir und ihre Zahnspange funkelte mir entgegen. Marlon malte und Fabienne saß ganz ruhig da. Ich hätte gerne ihren Blick gesehen, aber ich sah nur ihren Rücken.

Mein Vater versuchte weiterhin, sein Versprechen zu halten. Und das, obwohl er noch am gestrigen Abend so klang, als hätte er aufgegeben. Er setzte alle Hebel in Bewegung, um Jenny und mir zu helfen. Er schilderte nicht mehr als nötig die Lage, in der meine Mutter und ich steckten. Dann verteilte er einen Elternbrief, indem alle Eltern aufgerufen wurden, sich zu melden, wenn sie von einer freiwerdenden Wohnung hörten. Den abschließenden Spruch, dass er als Klassenlehrer keinen Schüler verlieren möchte, der mit so viel Elan am Biologie-Unterricht teilnahm, verstand ich auch.

34. Kapitel

Susanna fuhr mich zum Handballspiel. Es galt, sich die nächste Klatsche abzuholen. Alles andere hätte mich gewundert. Aber ich wunderte mich ja auch über unser Unentschieden gegen die Mannschaft von Generalfeldwebel Stark. Die Fahrt zur Halle war eine Befreiung. Endlich Alltag, etwas Struktur. Auch wenn mir niemand sagen konnte, wie lange ich mit dieser Gurkentruppe noch zusammenspielen durfte. Weil niemand wusste, ob und wann ich nach Reinickendorf ziehen musste. Ich lernte in der Zeit, in der ich in Uschis Mannschaft spielte, dass Gewinnen zweitrangig war. Zusammenhalt, Fehler verzeihen (und wir hatten verdammt viel zu verzeihen), niemals aufgeben. Das war der größte Erfolg. Und deshalb würde ich jede einzelne Gurke aus dem Team vermissen. Vielleicht sogar Marlon. Natürlich saß Jenny mit im Auto. Und natürlich redete sie, als sie die Tür schloss und sie redete immer noch, als sie die Autotür wieder öffnete. Mir war aber nur wichtig, dass wir die Fahrt über unsere Hand hielten, während Susanna sich geduldig durch den Berliner Stadtverkehr kämpfte. Ich stand an diesem Tag nicht im Tor. Wollte ich auch nicht. Hätte ich nicht fair gefunden. Meine Mannschaftskameraden trainierten unter der Woche, während ich andere Dinge zu tun hatte. Meine Tasche mit dem Handball und dem Torwarttrikot ließ ich deswegen auf Jennys Bett liegen. Aber dabei sein war alles. Der Drang, in dieser Zeit zu dieser Mannschaft zu gehören, war nie größer. In dieser Zeit, wo alles wie ein Kartenhaus einstürzte.

Jenny, Susanna und ich nahmen auf der Holztribüne Platz.

Und wie erwartet kam keine Spannung auf. Ich beobachtete, wie wir keine Bälle fingen. Wobei das auch keine Pässe waren, die wir warfen. Das sah viel eher nach *Schau mal wo ich den Ball hinwerfe* aus. Immerhin gelangen uns zwei Sachen. Und das äußerst zuverlässig. Entweder rannten wir uns gegenseitig über den Haufen, und wenn das ausblieb, stolperte irgendwer über seine Beine. Und Marlon im Tor? So, wie der sich zwischen den Pfosten bewegte, hätte ich das auch hinbekommen, wenn ich im Rollstuhl gesessen hätte. In der Halbzeitpause, auf der Anzeigetafel leuchtete eine 2 und eine 18, stand Uschi vor mir. Also, sie stand unten auf dem Parkett, aber auf meiner Höhe. Sie rief mir zu: »Wird Zeit, dass du wieder zum Training kommst. Wir brauchen dich«.

Stimmte das? Bei dem, was meine Mannschaft da auf dem Parkett ablieferte, hätte ich auch nicht helfen können. Nicht einmal, wenn ich Silvio Heinevetter geheißen hätte. Und weil ich nicht Silvio Heinevetter war, winkte ich auch nicht ab, als Uschi fünf Minuten später wieder aus der Umkleidekabine kam und mich fragte, ob ich Lust hätte, heute doch noch zu spielen. Ich zuckte mit den Schultern. Ein *Nein* hätte sicherlich blöd geklungen, aber ich betete, dass Uschi mir ansah, wie unangenehm mir ihre Frage war.

Ich hatte doch die Woche über nicht trainiert, also hatte ich auch kein Recht, mitzuspielen. Außerdem hatte ich meine Handballsachen nicht dabei.

Uschi sah es mir nicht an. Mit einem Lächeln warf sie mir eine Jogginghose und ein pinkes Torwarttrikot zu. Ich fing es und fragte mich nicht, woher sie das Shirt mit der Nummer 67 hatte. Marlon trug die 1, ich die 46. Ich stand wie blöd auf der Tribüne und schaute mich verlegen um. Die zweite Frage, die ich mir stellte, war, wieso Fabienne nicht in der Halle war. Es war peinlich, Marlon zuzuschauen, keine Frage, aber das weiß man ja vorher nicht. Obwohl! Doch! Bei uns wusste man das. Ich tauschte die Tribüne mit dem Spielfeld. Das Fiasko konnte ich nicht mehr abwenden. Und es gab eine Zeit, da hätte ich mir bei solch einem Spielstand gewünscht, im Hallenboden zu versinken. Aber Zeiten ändern sich. Mal zum Guten, mal zum Schlechten. Es war schlecht, dass wir das Spiel so hoch verlieren würden, aber ich fühlte mich wie ein Bär, der sich immer mehr aufbäumte. Mit jedem Ball, der an ihm abprallte. Was auch daran lag, dass Jenny jedes Mal mit hochgerissenen Armen aufsprang und ihr Jubel die Halle zum Beben brachte, wenn ich einen Ball vor der Torlinie abwehrte. Auf der Anzeigetafel stand am Ende auf unserer Seite eine 5, auf der Seite der Gegner eine 26. Uschi klatschte trotzdem. War es Beifall? Oder wollte sie uns verdeutlichen, dass wir die Köpfe nicht hängen lassen sollten und nächstes Mal alles besser werden würde? Das hätte ich bezweifelt.

In der Umkleidekabine merkte man nicht nur, dass wir verloren hatten. An der Stille und den hängenden Köpfen erkannte man, wie deutlich das Endergebnis ausfiel. Endlich schienen es meine Mitspieler begriffen zu haben, dass es nicht normal war, ein Handballspiel mit 21 Toren Unterschied zu verlieren. Nachdem wir duschten, bat Uschi darum, dass wir uns alle nochmal in der Umkleidekabine versammelten. Sie nannte es Abschlussrunde, als wir um Uschi einen Kreis bildeten.

»Ihr gebt diese Zettel bitte euren Eltern. Es ist sehr wichtig.« Mir reichte Uschi keinen Zettel. Verwundert schielte ich auf das Blatt von Lukas. Ich las von einem Spieler aus der Mannschaft, für den dringend eine Wohnung in der Umgebung gesucht wird.

Das war alles zu viel für mich. Noch nie hatte ich erlebt, dass sich Menschen so für mich einsetzten. Ich schloss mich auf dem Klo ein und weinte.

35. Kapitel

Meine Heulerei war mir peinlich. Es gab doch keinen Grund dafür. Da waren Menschen, die setzten sich ein für mich, und für Jenny. Ich sagte mir, dass die das ja nicht tun mussten. Sie taten es aber. Wahrscheinlich, weil sie mich mochten.

Vielleicht lag es aber auch daran, dass es sich bei diesen Menschen um deinen Vater und um deine Oma handelte. Ben, denk doch einfach mal nach.

Am Waschbecken klatschte ich mir drei Portionen Wasser ins Gesicht, damit mir niemand meine Flennerei ansah. Nicht dass noch jemand unangenehme Fragen stellte. Auf den Bänken im Umkleideraum sah ich Marlon sitzen. Gemütlich lehnte der mit dem Rücken gegen einen Spind. Er beachtete mich aber nicht und ließ seine Finger über das Display seines Smartphones tanzen.

Vor der Halle empfing mich Jenny und die Mittagssonne. Hinter Jenny erkannte ich zwei Autos. Ein Großes und ein Kleines. Aus dem Großen stieg meine Mutter.

»Hey mein Kleiner, ich habe eine Überraschung für dich. Wir fahren alle zusammen LKW. Du, Annabell und ich.«

Mama, ich kenne dich seit fast 15 Jahren. Aber an diesem Samstagmittag fiel mir zum ersten Mal auf, dass du ein Problem mit Größen zu haben scheinst.

Das, was meine Mutter LKW nannte, war ein Transporter, der sogar niedriger war, als das Teil, mit dem wir aus Ostfriesland nach Berlin tuckerten. Und in sechs Wochen feierte ich meinen 15. Geburtstag und war bereits über 1,70 groß. Für mein Alter war ich also alles andere als klein.

»Steigst du ein? Die Fahrt führt direkt in unser großes Glück.«
Mein größtes Glück tat das einzig Richtige. Es packte meinen
Arm und zog mich von meiner Mutter weg. Dann blieben Jenny
und ich stehen, genau zwischen dem großen und dem kleinen
Auto, aus dem Birk sprang. Aber Birk beachtete uns nicht.
Zum Glück nicht, denn wenn er mit diesem Gesichtsausdruck
auf mich zugekommen wäre, hätte mich meine Angst über-
rannt. Birks Augen fixierten die Halle. Ein zweiter und ein
dritter Polizist stiegen aus dem grauen Audi. Alle drei näherten
sich dem Halleneingang. Jenny und ich schauten uns um. Wir
erkannten nichts. Und doch musste auf der anderen Seite der
Eingangstür, genau in diesem Moment, etwas passiert sein. Birk
stürmte mit einem der beiden Kollegen in die Halle. Ich glaube,
sie haben jemanden erwartet. Der erkannte sie aber und rannte
in die Halle zurück. Minuten später schleifte Birk und sein
Polizeikollege Marlon aus der Halle. Der wehrte sich, brüllte,
dass er seine Brille brauchte. Er versuchte, sich loszureißen. Er
zappelte. Für mich sah das aus wie zwei Möwen, die einen Fisch
im Schnabel trugen. Der zappelte ähnlich wie Marlon und war
genauso chancenlos. Ich sah, dass Marlon bereits Handschellen
trug. Das machte den Kampf noch einseitiger. Ich konnte nur
den Kopf schütteln, denn es war nicht nur ein einseitiger, es war
ein dummer Kampf, weil er für Marlon nicht zu gewinnen war.
Und ich war froh, dass ich nicht Marlon war. Der wehrte sich
sogar beim Einstieg in den Audi. Das tat bestimmt weh, was
die Polizisten mit ihm anstellten. Sie schlugen ihn nicht, aber
sie drückten mit zwei Fingern in Körperstellen, z.B. nahe der
Schulter, und erreichten so, dass Marlon sich nicht steif machen
konnte. Dabei schrie Marlon jedes Mal kurz auf, bis er endlich im
Auto saß. Die Türen schlossen sich. Eine Minute später sprang

die Fahrertür wieder auf. Birk stieg wieder aus und trabte Uschi entgegen, die Marlons Brille in die Luft hielt. Unsere Trainerin fragte, was denn überhaupt passiert sei. Das fragte sie sehr leise. Verstanden habe ich es trotzdem, weil auf dem Vorplatz sonst eine unheimliche Ruhe herrschte. Obwohl sogar Jenny da war.

»Dazu dürfen wir nichts sagen«, hörte ich Birk reden. »Aber wenn Ben das Gleiche mit seiner Freundin getan hätte, ich würde mich vergessen.«

Fabienne tauchte in meinem Kopf auf. Hat Marlon ihr etwas angetan? Uschis blonde Locken tanzten im Wind. Jenny und sie schauten irritiert dem Polizeiauto hinterher. In dem Moment dämmerte es mir. Wenn ich jetzt in den Transporter zu meiner Mutter stieg, stand meine Trainerin ohne Torwart da. Aber Jenny hatte andere Gedanken im Kopf. Ihre braunen Augen schauten mich an, fixierten mich regelrecht. War ihr in diesem Moment klar, dass wir uns nie mehr wiedersehen würden, wenn ich zu meiner Mutter in den Transporter stieg? Uschi legte Jenny ihre Hand auf die Schulter. Diesmal konnte ich nicht hören, was sie ihr zuflüsterte. Dann stieg Jenny in Uschis Knutschkugel. Und ich musste in den Transporter der Sozialstation steigen, der die Sachen von meiner Mutter, von Annabell und mir nach Reinik-kendorf fuhr.

36. Kapitel

Ich saß neben meiner Mutter im Transporter, auf dem zweiten Beifahrersitz, und in meinem Kopf spielte sich ein Film ab. Es war der Film, als wir aus Norden nach Berlin zogen. Damals rechnete ich mit dem Schlimmsten. Allein Jenny machte alles weniger schlimm. Im Südosten von Berlin war es zwar nicht so beschaulich wie in Ostfriesland, aber ich hatte nie das Gefühl, in einer Großstadt zu leben. Eher in einer Einfamilienhaus-Siedlung in einer kleinen Stadt. Und das kannte ich ja aus meiner alten Heimat. Nun führte mein Weg also nach Reinickendorf. Der Name erinnerte mich an viele Bäume, wenige Menschen, wenig befahrene Straßen und an Dinge, die weit weg sind. Reinicken-Dorf! Das klang wie Rehkitz-Dorf oder Wald-Dorf.

Die Strecke nach Reinickendorf war wohl doch um einiges kürzer als die Strecke aus Norden nach Berlin. Zum Glück, sonst wäre ich meiner Mutter an den Hals gesprungen. Diesmal aber wirklich. Die Kompromisslosigkeit von Mareike Grützemacher brachte meine Gefühle zum Kochen. Und ich schämte mich nicht dafür. Jeder Klecks Babybrei, der auf dem Sitz des Transporters landete, bestätigte meine Gefühle. Warum sah meine Mutter nicht ein, dass es unmöglich war, acht Monate alte Dinger zu füttern, während der Transporter aus dem Wackeln nicht mehr herauskam, weil er ständig stoppte und wieder anfuhr? Warum wartete meine Mutter nicht, bis wir unser Ziel erreicht hatten? Oder ihr Ziel. Mein Ziel war es ja nicht. Sie sah doch, was hier los war. Es stand Auto an Auto. Fußgänger liefen über die Straßen, wo keine Ampeln waren. Okay, das kannte ich aus Ostfriesland.

Da gab es nur wenige Ampeln. Dafür aber auch weniger Verkehr. Und hier in Berlin rannten die Leute, wenn sie denn eine Ampel nutzten, sogar bei Rot über die Straße. Wobei die roten Ampeln in Ostfriesland für komische Gefühle sorgten. Man stand da, wartete auf Grün, Autos sah man oft nicht. Hier in Berlin gab es nur Autos. Autos, die kaum vorwärtskamen. Na gut, marschierte man eben durch die Auto-Karawane durch und löste damit Hupkonzerte aus. Dann tauchte etwas vor unserer Frontscheibe auf. Sollte das jetzt beängstigend oder beeindruckend sein? Aus Ostfriesland kannte ich Flugzeuge nur als Propellermaschinen, wo vier bis sechs Leute hineinpassen. Und selbst die flogen nie neben einem Auto her. Der Sozialfuzzi, der den Transporter fuhr, machte sich wichtig und erklärte, dass der Flughafen Tegel in der Nähe sei und die Flugzeuge deswegen so tief flogen. Der Flughafen würde aber bald für immer schließen. Über Fluglärm brauchten wir uns daher keine Sorgen machen. Wie beruhigend. Minuten später schaltete der Mitarbeiter der Sozialstation die Warnblinkanlage ein.

»So, wir sind da!«, nuschelte der in seinen Rauschebart. Ich schaute mich um und stellte mir die Frage, ob es vielleicht gefährlich wäre, hier auszusteigen, meine Mutter fragte sich das nicht. Ein Radfahrer wich fluchend der Beifahrertür aus, die meine Mutter schwungvoll öffnete. Kurz darauf betraten wir das verfallene Haus.

Nachdem wir das Treppensteigen, trotz eines bedrohlichen Knarrens und Knarzens überlebten, fiel ich vom Glauben ab. Vom Glauben an meine Mutter. Also, was von dem noch übrig war. Im Flur und im Wohnzimmer waren die Wände mit Wasserflecken garniert. In einer Ecke erkannte ich deutlich, wo der letzte Mieter sein Sofa zu stehen hatte. Es war die einzige Stelle im Raum, die nicht gelb war. Ich lief weiter durch die Wohnung. In einem anderen Raum sah ich eine Kommode, die mich an Schnauzbart-Schumacher erinnerte, hatte die doch jemand in der Mitte geteilt. Vielleicht mit einem Beil oder einer Axt. Diese zwei Teile der Kommode sahen nach viel Wut aus. Ich schlich zurück ins Wohnzimmer.

»Da lässt sich doch was draus machen«, meinte der Sozialheini.

»Auf jeden Fall«, bestätigte meine Mutter. Ich schlich weiter ins Bad. Und es war nicht zu übersehen. Die Klospüle funktionierte nicht, weshalb ich es mir verkniff, hier ebenfalls mein Geschäft zu verrichten. Ich sah die Fliesen, welche mich an die gelb-schwarzen Trikots erinnerten, die die Spieler von Generalfeldwebel Stark trugen, als sie gegen uns beinahe verloren hatten. Gelbe Fliesen, schwarze Fugen. Überall. Außer in der Toilette. Da war alles braun.

Zurück im Wohnzimmer schwärmte meine Mutter noch immer von der Wohnung. Sie sabbelte davon, hier von vorne beginnen und sich ihr eigenes kleines Reich schaffen zu wollen. Ich widersprach meiner Mutter nicht. Sie hatte recht. Für Annabell und für sie reichte es. Für drei Leute aber nicht. Das musste es auch nicht. Weil ich es nicht wollte. Das Nächste, was wir hörten, war eine S-Bahn, die das Wohnzimmer zum Beben brachte. Als auch der letzte Waggon das Wohnzimmerfenster passierte, vernahmen wir, dass jemand vor der Tür stehen musste, der seinen Daumen auf den Klingelknopf presste.

37. Kapitel

»Das kann ... das ist ja, also, ...Was erlaubst du dir?«

»Ich möchte zu meinem Sohn.«

»Du sollst mich in Ruhe lassen.«

»Darum musst du dir keine Sorgen machen.«

Ich stand noch im Wohnzimmer, aber ich erkannte Hajos Stimme. Der zoffte sich mit meiner Mutter. Unüberhörbar. Und unüberhörbar war noch etwas anderes. Jennys Stimme.

»Hallo Frau Grützemacher.«

Ich rannte auf den Korridor und Jenny tackerte sich an mich.

Mama, Papa, ich präsentiere: Zusammenhalt. Im wahrsten Sinne.

Meine Eltern hatten für uns aber keinen Blick. Viel zu sehr waren sie mit sich selbst beschäftigt.

»Du hast meinen Sohn über vierzehn Jahre von mir fernge-halten. Ich möchte, verdammt nochmal, wenigstens sein weiteres Leben für ihn da sein.«

»Du hättest mir doch sagen können, dass du Interesse an deinem Sohn hast.«

»Das hätte ich ja gerne getan, wenn du nicht immer aufgelegt hättest.«

»Ich habe nie aufgelegt. *Du* hast nie angerufen. Wir waren dir immer egal. Und auf einmal spielst du den fürsorglichen Papi?«

Amüsiert schauten Jenny und ich zu, wie meine Eltern sich gegenseitig mit Vorwürfen bewarfen. Amüsant war auch der überforderte Blick des Sozialfuzzis. Ich fand das Geschrei cool. So hatten die Nachbarn gleich den ersten Eindruck von der neuen Mieterin. Und für den ersten Eindruck gab es keine zweite Chance, wenn ich den Worten meiner Mutter glaubte.

»Ich finde, diese Behausung passt perfekt zu dir. Die gelben Wände spiegeln deine ganz eigene Schönheit wider. Die Wasserflecken fallen neben dir gar nicht auf. Aber weißt du was? *Mein* Sohn wird hier nicht wohnen.«

Zog meine Mutter jeden Moment ein Messer?

Die Chance darauf war eher gering.

Fing sie an zu schreien?

Das war eher untypisch für sie.

Oder starrte sie meinen Vater so lange an, bis der wieder die Wohnung verließ?

Es war ein Mix-Blick aus Wut und Überforderung, den sie meinem Vater zuwarf. Also die dritte Variante. Apropos Überforderung. Die meldete sich jetzt auch zu Wort.

»Bitte, wir sind doch alles erwachsene Leute. Wir können doch reden.« Da forderte jemand andere zum Reden auf, der selbst noch kein einziges Wort beitrug. Es war, natürlich, die Gestalt von der Sozialstation. Mein Vater verdeutlichte, dass er keine Lust mehr hatte zu reden.

Jenny und ich saßen kurze Zeit später in seinem klapprigen Mercedes und ließen uns nach Hause fahren. Doch was hieß nach Hause? Zu Jenny? Da fühlte ich mich zuhause. Aber mein Vater hatte andere Vorstellungen.

»Wenn du möchtest, kannst du erstmal bei mir wohnen. In der Schule wird es sicher erstmal komisch aussehen. Aber bevor du nach Reinickendorf musst, wäre das doch die bessere Alternative.«

Hajo hatte recht. Es war die bessere Alternative. Aber die *beste* Alternative war, bei Jenny zu bleiben. Weil ich keine Lust hatte, meinen Eltern dabei zuzusehen, wie sie sich gegenseitig die Köpfe einschlugen. Das brauchte ich kein zweites Mal. Außerdem war das nicht meine Angelegenheit. Aber wie so oft fehlte mir der Mut, meine Meinung auch mitzuteilen.

38. Kapitel

Die Wohnung von meinem Vater sah genauso aus, wie ich sie mir vorstellte. Wo ich auch hinsah, überall im Wohnzimmer standen Regale voll mit Büchern. Und ein Glastisch. Der aufgeklappte Laptop darauf wirkte wie Dekoration. So, als solle er genau so stehen, um Eindruck zu schinden. Der Rest der Wohnung wirkte leer. Dabei war sie nicht leer. Eher dezent eingerichtet. Vielleicht empfand ich das mit der Leere auch deshalb, weil die Wohnung meines Vaters dreimal größer war, wie die neue Wohnung meiner Mutter. Ohne nachzufragen, stellte Hajo drei Gläser auf den Wohnzimmertisch.

»Setzt euch doch.«

Da sprach nichts dagegen.

»Was haltet ihr von der Idee, wenn du erstmal hierbleibst?«

Was haltet IHR von der Idee. Mein Vater sprach uns beide an. Tatsächlich. Mich UND Jenny. Er schien unsere Situation zu respektieren. Und dieser Respekt, den Hajo uns entgegenbrachte, sorgte zum ersten Mal für Ausrufezeichen in meinem Kopf. Keine Fragezeichen. Es waren tatsächlich Ausrufezeichen. Hajo zauberte für mich ein 5-Sterne-Menü. Es gab Kartoffeln, gesalzen mit Respekt. Als Beilage Engagement, und als Nachtisch gab es etwas, was ich von meiner Mutter nie kannte. Hajo nahm mich ernst. Komisches Gefühl. Und es lag an diesem 5-Sterne Menü, dass ich meinem Vater vertrauen konnte. So sehr, dass ich endlich den Mut fasste, meine Meinung zu sagen. Und diese Meinung wickelte ich in einen Satz, der viel mehr ausdrückte, als er Worte enthielt.

»Papa ..., ich will bei Jenny schlafen!«

Dieser Satz hinterließ vielleicht den Eindruck, ich hätte meinem Vater verbal die Faust ins Gesicht gehauen.

Aber das war nicht so. Zum ersten Mal in meinem Leben nannte ich jemanden Papa. Ich spürte die Gänsehaut auf meinem Rücken. Und mein Vater verstand den Satz. So, wie ich ihn meinte. Was nicht alltäglich war. Weil ich etwas anderes sagte, als ich ausdrückte. Vielleicht war da ja doch sowas wie eine Seelenverwandtschaft. Auch ich verstand seine Antwort. Obwohl sie keine Worte enthielt. Mein Vater drückte mich fest an sich. Über seine Schulter sah ich zu Jenny. Aus jeder Pore in Ihrem Gesicht strahlte sie Fröhlichkeit aus.

Jenny und ich verließen die Wohnung meines Vaters. Wir stiegen die Treppen hinab und hinter uns fiel die schwere Haustür ins Schloss. Jenny blieb stehen, schaute mir in die Augen und griff meine Hände. Da war wieder diese Erinnerung an den Moment, als Jenny vor meinem ehemaligen Zuhause meinte, dass meine Mutter mich brauchte.

»Schlaf ruhig heute Nacht bei deinem Papa. Das wird bestimmt cool.« Ich schaute Jenny an und war dankbar für ihre Worte. Noch dankbarer war ich aber, als ich wieder das Aroma von Rosen, Pfefferminze und Schokolade in meinem Mund schmecken durfte.

39. Kapitel

Am folgenden Sonntagmorgen öffnete ich die Augen. Wie jeden Morgen. Doch an diesem Morgen erkannte ich nicht mal meine Hand vor meinem Gesicht. Ich zog mein Telefon unter dem Kopfkissen hervor, um herauszufinden, wie spät es war. Das grüne Display hat es mir verraten: 05:44 Uhr!

Ich lag auf der Wohnzimmercouch meines Vaters und dachte an meine Freundin. Ich presste das Kissen an meinen Bauch und stellte mir vor, es wäre Jenny. Eine Träne bahnte sich den Weg über mein Gesicht. Ich hustete ins Kissen, weil ich einen trockenen Hals hatte. Ich wusste nicht, wie es sich anfühlte, seine Mutter zu vermissen, aber so stellte ich es mir vor. Nur das ich nicht meine Mutter, sondern meine Freundin vermisste. Und wie erging es überhaupt meiner Mutter?

Das Frühstück verschob ich auf die Mittagszeit, weil ich mich kurz nach dem Sonnenaufgang zu Jenny begab. Aber auf die Frage, wie es meiner Mutter erging, hatte auch dort niemand eine Antwort. Jennys Eltern sagten das Gleiche wie Hajo. Niemand erreichte meine Mutter. Und *sie* meldete sich auch nicht.

Das Frühstück und das Mittagessen verschob ich auf den Abend. War aber egal, denn der Hunger meldete sich bis zum Mittag nicht. Um 14:00 Uhr, von meiner Mutter war weiterhin nichts zu hören, sammelte Hajo mich und Jenny ein, um gemeinsam nach Reinickendorf zu fahren. Und doch fragte ich mich auf der Fahrt in den Norden Berlins, wieso mein Vater diesen Konflikt suchte. Klar, ich benötigte ein paar Sachen, und trotzdem wäre es einfacher gewesen, der Sturmflut, die in Reinickendorf auf ihren Einsatz wartete, aus dem Weg zu gehen. Aber Hajo ging nicht. Er fuhr. Und während er fuhr, sprach er kein Wort. Aber sein Fahrstil war eine Petze, denn dem war es deutlich anzumerken, dass mein Vater vor Wut kochte. Lag das daran, dass meine Mutter nicht erreichbar war?

Als wir vor der Wohnungstür meiner Mutter standen, spielte ich mit dem Gedanken, den Krankenwagen zu rufen. Hajo klopfte nicht gegen die Tür. Er donnerte mit seinen Fäusten dagegen. Wieder und wieder. Mit jedem Schlag litt ich mehr mit Hajos Händen. Es war ein einseitiger Kampf, denn das Türblatt wackelte nicht einmal. Seine Fäuste wechselten sich erst ab, dann schlugen sie im Kanon gegen die Tür. Mir hätten höllisch die Hände wehgetan, hätte ich mit solch einer Wucht gegen die Tür gedonnert. Ich hörte die Stimme meiner Mutter aus der Wohnung. Sie lachte. Ich rechnete jetzt fest damit, dass Hajos Füße in den Kampf gegen die Tür einstiegen, diese Blöße gab er sich aber nicht. Jemand öffnete die Wohnungstür. Vor Jenny, Hajo und mir erschien ein Mann in Feinripp-Unterwäsche. Mir fielen die Augen aus. Neben dem Sozialfuzzi erschien, in einen Bademantel gehüllt, meine Mutter. Am Nachmittag. Hajo und mir verschlug es die Sprache, Jenny nicht.

»Hallo Frau Grützemacher, wir wollten ein paar Sachen für Ben abholen.«

Meine Mutter ignorierte Jenny. Was nicht daran lag, dass sie mit meiner Partnerwahl nicht einverstanden war oder sie Jenny akustisch nicht wahrnahm (was unmöglich war). Nein, sie nahm Jenny nicht für voll. Meine Mutter wendete sich direkt an mich.

»Ja, aber ..., willst du nicht hier bei mir bleiben?« Ich schaute meine Mutter an.

Diese Frage hast du nicht ernst gemeint.

So, wie das hier aussah, lebten bereits drei Personen in dieser Wohnung. Annabell (die ich nicht hörte und nicht sah), meine Mutter und der Sozialfuzzi. Mit mir würden in dieser Bruchbude also vier Leute hausen. Meine Entscheidung war in Stein gemeißelt. Und ich wusste, meine Mutter war darüber nicht böse. Vielleicht wäre sie traurig gewesen. Das wäre sie aber nur, weil man diese Traurigkeit von ihr erwartete.

Meine Mutter sagte oft Sachen, um den Schein zu wahren. Und ich hasste diese Art, seit ich diese das erste Mal durchschaute. Da war ich sieben oder acht Jahre alt. Meine Mutter glänzte, stur wie sie war, weiter durch ihr schauspielerisches Talent.

Mama, vielleicht erinnerst du dich mal an deine eigenen Worte. Es ist nicht alles Gold, was glänzt.

»Jetzt sag doch mal, wieso willst du denn Klamotten holen? Wieso willst du denn nicht bei mir bleiben?«

Das Theaterstück, welches meine Mutter aufführte, trug den Namen: *Gehst du denn schon, Gott sein Dank? Bleib doch noch, um Himmels willen!*

»Ben bleibt erstmal bei mir!«, sprach mein Vater.

»Da hat das Jugendamt aber noch ein gewaltiges Wörtchen mitzureden.«

Woaw, der Sozi konnte sogar drohen. Und was kam als Nächstes? Ein Ringkampf im Hausflur? Nein, denn Hajo Scholz lehnte die Herausforderung mit den Worten: »Ich gebe euch zehn Minuten, seine Sachen zusammenzupacken!« ab.

Dabei streckte mein Vater wieder seinen Kopf nach vorne. Wie Kermit der Frosch. Aber statt Glubschaugen erkannte ich in seinem Gesicht lediglich zwei Schlitze. Der Vollbart in der weißen Unterwäsche begriff. Das sah ich dem an. Nur das Einlenken fiel ihm schwer.

»Mit Ihren Drohungen werden Sie nichts erreichen.« Ich schaute zu meinem Vater. Der schoss durch seine Augenschlitze weitere Giftpfeile ab. Ich erinnerte mich an meine ersten Tage in der neuen Schule, als Hajo mich vor der Klasse bloßstellte. Selbst da schaute er nicht so feindselig. Umso mehr bewunderte ich meinen Vater dafür, dass er nicht die Kontrolle über sich verlor. Gegenüber meiner Mutter wäre er ja nicht der Erste gewesen. Und Hajos Botschaft kam an, das hörte ich deutlich aus dem nächsten Satz des Sozis heraus.

»Ich bitte Sie, das bringt doch alles nichts. Wir sind doch alles Menschen.«

»Noch acht Minuten!«

Meine Mutter schaute mich an und musste erkennen, dass mir Hajos Art mehr imponierte als ihre. Vielleicht begriff sie es in diesem Moment, und vielleicht war sie sogar erleichtert, dass ich ihr ihre Schauspielerei nicht abkaufte.

»Deine Sachen sind noch in den Kartons. Müsst ihr selber mal schauen.« Hajo schob sich an meiner Mutter und der Unterwäsche vorbei, Jenny und ich folgten ihm unauffällig.

»Ist noch was anderes in den Kartons?« Hajo klang, als hätte er einen Durchsuchungsbefehl.

»Nein, nur Bens Sachen!« Die Antwort meiner Mutter brachte meinen Vater auf die Idee, die Kartons gar nicht erst zu öffnen, sondern direkt ins Auto zu räumen. Er bat Jenny und mich, sich ebenfalls einen Karton zu greifen und ins Auto zu stellen.

Auf der Rückfahrt hätte ich Hajo gerne die Frage gestellt, wieso er *mich* nicht fragte, wo ich wohnen wollte. Doch die Antwort darauf fiel mir selber ein. Bei meiner Mutter war kein Platz mehr. Bei Jenny wollte ich so gerne, konnte aber nicht für immer bei ihr wohnen. Also blieb nur mein Vater. Mein Vater, den ich erst vor ein paar Monaten kennenlernte. Als meinen Klassenlehrer.

Ich konnte es mir nicht aussuchen, wo ich leben wollte. Ich war wie ein alter, pflegebedürftiger Hund, der ein sicheres Heim suchte und liebgehabt werden wollte. Bei meiner Mutter war kein Platz mehr für diesen Hund, mein Vater hätte ihn gepflegt, aber vielleicht nur, weil er sich dem Hund gegenüber verpflichtet fühlte. Dem war ich mir nicht sicher. Einzig Jenny liebte diesen Hund so, wie er war. Doch es kam noch schlimmer. Viel schlimmer. Während der Fahrt klingelte Hajos Telefon. Er drückte mit dem Zeigefinger der rechten Hand auf das Display, mit der Linken hielt er das Lenkrad fest.

»Scholz?«

»Ja, ...ja, ...ja«, antwortete er. Den Mercedes lenkte er gekonnt in eine Parklücke, schob den Regler des Automatikgetriebes auf P und schaltete den Motor ab. Jenny und ich schauten uns fragend an. Das Einzige, was wir von Kermit hörten, war:

»Ja ..., ja ..., ja!«

Dann war das Gespräch beendet, Hajo holte tief Luft und legte seinen Kopf auf das Lenkrad. Mein Vater sah aus, als konnte er das alles nicht glauben. Die Situation mit mir war schon eine Herausforderung, aber das Telefonat schien ihm den Rest gegeben zu haben.

»Bitte entschuldigt, es geht nicht anders. Ich muss euch bei Jenny absetzen.« Mit diesen Worten hob Hajo wieder seinen Kopf, drehte den Zündschlüssel und ordnete sich wieder in den Verkehr ein.

Ich kapierte gar nichts mehr. Dass ich die Erwachsenen nicht verstand, damit fand ich mich ab, aber Jenny und ich warfen uns nur weiter fragende Blicke zu. Und wenn Jenny schon nichts verstand ...

Natürlich erkundigte sich Jenny nach dem Grund, weshalb ich jetzt bei *ihr* abgesetzt werden sollte. Was kein Protest war. Es war Jennys Neugier. Nach dem vierten Mal hatte sie aber begriffen, dass Hajo sie zwar hörte, aber nicht antworten wollte. Er schüttelte nur mit dem Kopf. Immer wieder. Kurz darauf standen Jenny, ich und sechs Umzugskartons vor Susis und Birks Haus.

Nun tat mein Vater das Gleiche wie meine Mutter. Er meldete sich den restlichen Tag nicht mehr.

40. Kapitel

Am nächsten Morgen betraten Jenny und ich das Klassenzimmer. Hand in Hand und zehn Minuten nach dem Stundenklingeln. Das war aber egal, denn es saß noch niemand am Lehrertisch. Stattdessen lag etwas in der Luft, wofür ich keine Erklärung hatte. Weil ich es so nicht kannte. Niemand hielt es für nötig, den Lichtschalter zu betätigen, und die Stimmung war hochexplosiv. Es wirkte beinahe so, als wäre der Lichtschalter die Zündung für die Bombe gewesen.

Nahe des Lehrertischs saßen die Mädchen wie ein Wollknäuel zusammen. Wie ein Wollknäuel, welches Angst hatte, von der Katzenschar, die in der anderen Ecke lauerte, zerfetzt zu werden. Diese Katzenschar bestand ausschließlich aus Katern und füllte den Raum mit einer immensen Lautstärke. Mitten in dem Pulk erkannte ich Marlon. Ich schaute Jenny fragend an, weil ich nicht wusste, was ich von diesem komischen Moment halten sollte. Aber Jenny zuckte auch nur mit den Schultern. Woher sollte sie auch eine passende Antwort auf meinen fragenden Blick haben? Jenny redete zwar gerne, aber sie dachte sich niemals Geschichten aus. Sie gehörte nie zu den Menschen, die nur redeten, um gehört zu werden. Jenny gehörte zu dieser seltenen Spezies, die viel redete, weil sie viel wusste oder wissen wollte.

»Alter, voll die kleinen Titten!«, hörte ich jemanden aus dem Pulk heraus lachend von sich geben.

»Geil, mach mal weiter«, meinte ein anderer.

»Schick mal rüber!«

Dann endlich. Unser Klassenlehrer betrat den Raum.

Die Mädchen schlichen zu ihren Tischen, die Jungs grölten weiter. Jetzt mutierten sie von Katern zu Schildkröten. Gemächlich trotteten sie zu ihren Plätzen. Mein Vater wartete am Lehrertisch und sagte kein Wort. Allein sein Gesichtsausdruck versprühte Trauer und Wut. Wut, die drohte, jeden Moment in einem tosenden Orkan ihren Ausbruch zu finden. Aber natürlich hatte sich mein Vater auch diesmal unter Kontrolle. Noch!

Hajo war der erste Lehrer, der es schaffte, allein durch seine Mimik für Ruhe in der Klasse zu sorgen. Also von den Lehrern, die ich kannte. Es dauerte zwar etwas, dafür herrschte anschließend Friedhofsatmosphäre im Klassenzimmer. Hajo Scholz holte tief Luft.

»Marlon? Du bist suspendiert! Du gehst nach Hause. Sofort! Deine Eltern wissen Bescheid.«

»Ich? Wieso ich?«

»Du weißt wieso.«

»Nein, weiß ich nicht.«

Jetzt kam ich mir vor wie im Zoo. Erst die Katzen und die Schildkröten, und nun kam die Raubkatze. Wie ein Löwe, der sich seiner Beute nähern und dabei unentdeckt bleiben wollte, schlich unser Lehrer zu Marlons Tisch. Allein sein vorgestreckter Kopf passte nicht ganz dazu. Dann war es soweit. Der Löwe stürzte sich auf seine Beute.

»Solche perversen Schweine wie dich möchte ich nicht in meiner Klasse haben. Geh nach Hause.«

Das Opfer wehrte sich. Oder es versuchte es. Ich konnte aber Eins und Eins zusammenzählen und wusste daher, dass das Opfer eigentlich ein Täter war. Das Eins und Eins bestand vor allem aus den Bildern vom Samstag. Vor der Sporthalle. Als Birk und zwei seiner Kollegen Marlon abholten, und Birk zu Uschi meinte, dass er sich vergessen würde, wenn ich das Gleiche mit seiner Tochter täte.

»Ich habe ein Recht, hier zu sein.«

Mein Vater kämpfte. Und jetzt nicht mehr gegen Marlon. Er kämpfte gegen seine Wut an. Schon wieder. Und gegen seine Trauer. Das war unübersehbar. Bebte der Körper meines Vaters? Er drehte sich um die eigene Achse. Damit signalisierte er der Klasse, dass er zu allen sprach. Auch wenn seine Worte anders klangen.

»Weißt du Marlon, Menschen ..., nein, entschuldige, wenn sich so miese Schweine, zu denen du zweifelsohne gehörst, durch massive Gewalt etwas nehmen, was ihnen nicht zusteht, dann habe ich das Recht, so etwas nicht mehr in meiner Klasse haben zu wollen.«

»Ist mir egal. Sie sind doch nicht der Chef der Schule.«

»Wir saßen heute Morgen im großen Kreis zusammen. Die Entscheidung aller Lehrer, die dich unterrichten, war einstimmig. Plus die Stimme der Schulleitung.«

Ein dünner, langer Arm schnellte in die Luft. Es war der gleiche Mädchenarm, der damals meinte, dass ich beim Referat nichts gesagt hätte. Die Besitzerin des Arms wartete nicht, bis der Lehrer ihr das Wort erteilte.

»Marlon hat Nacktbilder von Fabienne bei den Jungs herumgezeigt. Und er sollte die manchen Jungs zuschicken.«

Das war keine Wortmeldung, die zu dem Zeitpunkt hilfreich war, denn dadurch wuchs die Wut nicht nur, sie fraß sich immer weiter in meinen Vater hinein. Und Marlon war nicht doof. Der merkte das. Wenn sich mein Vater hier vergaß, konnte er seinen Beruf an den Nagel hängen.

»Sei froh, dass ich nur dein Klassenlehrer bin. Denn wenn ich es nicht wäre...«

»Ich verstehe Ihr Problem nicht. Ich meine, die Polizei hat mich doch nicht umsonst wieder gehen lassen. Sie sind doch kein Richter. Außerdem habe ich ein Recht, unterrichtet zu werden.«

»Nein, so einen Abschaum wie dich muss niemand unterrichten. Sowas wie du landet sowieso im Knast. Oder in der Gosse. Die Mühe kann man sich sparen. Geh nach Hause.«

Ich erkannte von hinten (Marlons Gesicht war zur Hälfte zu mir gewandt), dass Marlon meinen Vater anschaute. Und er grinste.

»Sofort! Geh nach Hause! Jetzt!«

Das klang wie die Ruhe vor dem Sturm. Oder vor dem Tornado. Doch Marlon unterschätzte das, was sich anbahnte. Unser Lehrer sprach wieder zur Klasse. Kurz darauf wussten alle um die Entstehung der Fotos von Fabienne. Der Druck auf Marlon war gewaltig. Wie der Druck auf meine Hand, die ich bald nicht mehr spüren würde, wenn Jenny noch fester zudrückte. Sie zog mich zu sich heran und flüsterte mir etwas zu. Ich war kurz erstaunt, musste ihre Worte einordnen, dann lächelte ich. Jenny erhob sich, ich tat es ihr nach. Wir gingen links um die Tische herum. So, dass wir Marlon hätten Richtung Tür schieben können. Was wir allein natürlich nicht geschafft hätten. Aber wir bauten uns vor ihm auf.

»Wir möchten auch, dass du gehst«, brachte es Jenny auf den Punkt. Ich nickte nur.

Wollte ich mir dieses Nicken nicht abgewöhnen?

»Was wollt ihr denn jetzt?«, fragte uns Marlon. Da er aber saß, war er gezwungen, zu uns hochzuschauen. Und das schien ihm unangenehm. Das merkten wir. Aber er konnte auch nicht aufstehen, denn damit hätte er gleichzeitig den ersten und wichtigsten Schritt Richtung Ausgang vollzogen. Das Mädchen mit den langen, dünnen Armen stand auf, andere Mädchen folgten ihr. Dann auch die ersten Jungs. Es waren die, denen man ansah, wie sehr sie sich für das schämten, was sie vorhin sahen. Die Klasse stellte sich hinter uns.

»Die Sache ist klar, oder?«, fragte Hajo erleichtert in Marlons Richtung.

Die Sache WAR klar. Gegen eine Herde aus 32 Schülern lohnte es nicht mehr, sich zu wehren. Ich dachte an den sinnlosen Kampf zurück, den Marlon gegen drei Polizisten führte. Ob er *hier* begriff, dass er keine andere Möglichkeit hatte?

Ja!

Nachdem wir Marlon erst aus dem Klassenzimmer und anschließend auch vom Schulgelände drängten, erklärte unser Klassenlehrer nicht nur den Schultag für beendet. Der Unterricht fiel für die gesamte Woche aus.

Niemand jubelte darüber.

41. Kapitel

Am Nachmittag saßen Jenny und ich wieder auf dem Stück Mauer, von dem man in die Zukunft schauen, aber keine Zukunft erkennen konnte. Jenny lag mit ihrem Kopf auf meinem Schoß. Und ich dachte an Fabienne. Das traute ich mich aber nicht zu sagen. Wobei, ich kam auch nicht dazu, etwas zu sagen, weil Jenny von Hajo redete. Sie fand es klasse, wie er mit Marlon umging, der bestimmt eine Psychomacke hatte. So nannte es Jenny.

Meine Mutter hatte mal gesagt, jeder hätte seine Macken. Ohne Macken wäre das Leben weniger lebenswert. Aber Marlons Macke fand Jenny zu groß, weshalb der bestimmt irre war. Ich hätte Jenny Recht gegeben, denn Menschen, die normal ticken, wären zu so etwas, was Marlon mit Fabienne anstellte, nicht in der Lage gewesen. Aber auch das behielt ich für mich. Stattdessen erinnerte ich mich an den Freitagnachmittag zurück, als ich Fabienne in diesem riesigen Haus besuchte, in dem sie wohnte. Fabienne hatte es so leicht im Leben. Ihre Eltern hatten viel Geld, die Haushälterin erledigte ihre Hausaufgaben, Fabienne war so schön wie selbstbewusst, aber all das schützte sie nicht vor Menschen wie Marlon Vogel.

»Magst du nicht? Sag doch mal was dazu.«

»Was?«

»Na, ob wir Fabienne im Krankenhaus besuchen wollen.«

Mein Kopf war überlastet, weshalb es wieder dauerte, Jennys Worte einzuordnen.

»Fabienne im Krankenhaus besuchen? Klar!«

Zum Glück merkte Jenny nicht, dass ich mit meinen Gedanken abgedriftet war. Und sie überhörte auch, dass meine Antwort zu forsch klang.

Zwei Stunden später war es Susanna, die uns ins Krankenhaus fuhr. Ich bin ehrlich, ich wäre von mir aus nicht hingefahren. Umso dankbarer war ich Jenny. Denn das, was sie sagte, setzte sie immer um. Jenny redete zwar viel, aber nie Unsinn. Mit Susannas Hilfe fragten wir uns bis zu Fabienne durch. Obwohl, das stimmte so nicht. Eher fragten wir uns zu einem bierbäuchigen Krankenpfleger durch, der uns mitteilte, dass Fabienne auf der Intensivstation liege. Seit Freitagabend. Es gab also keine Möglichkeit, sie zu sehen. Und es nutzte auch nichts, dass Jenny dem Krankenpfleger Krater in seinen Wanst fragte. Er durfte uns keine weiteren Informationen geben.

Fabienne, Intensivstation, dazu die Worte, die Hajo in der Schule wählte. Für mich war das alles zu viel. Ich riss mich von Jenny los und rannte aus dem Krankenhaus.

42. Kapitel

Die Temperaturen sanken an diesem Abend ins Bodenlose. Und ich, nur mit Shirt bekleidet, irrte seit einer Stunde ziellos durch die Straßen.

Ziellos. Das beschrieb es perfekt.

Es war wieder da. Das Gefühl, nicht zu wissen, wohin.

Zu meinem Vater?

Zu meiner Mutter?

Zu Jenny?

Ich fühlte mich wohl bei Jenny, aber das war nicht meine richtige Familie. Leider nicht. Aber ihre war es doch eigentlich auch nicht. Oder war ich jetzt auch das Pflegekind von Susi und Birk? Natürlich nicht. Ich marschierte weiter. Hauptsache bewegen. Am liebsten wäre ich gerannt, denn in meinem Kopf wuchs etwas heran. Und davor wäre ich so gerne geflüchtet. Es war das Gefühl, alles falsch gemacht zu haben. Und vor diesem Gefühl konnte ich nicht weglaufen. Hätte ich Fabienne vor dem, was ihr widerfuhr, beschützen können? Vielleicht läge sie nicht auf der Intensivstation, wenn Jenny und ich uns nicht ineinander verliebt hätten, ich stattdessen mit Fabienne gegangen wäre. Aber das hätte Fabienne bestimmt nicht gewollt.

Ich lief weiter durch die Straßen. Hinter mir röhrte ein LKW und überholte mich. Ich erkannte, dass der LKW ein Omnibus war. Und es war die Linie, die vor der Haustür meines Vaters hielt. Sofort rannte ich hinterher. Die Fahrerin wartete netterweise, bis ich die Haltestelle erreichte und ihr japsend meine Fahrkarte zeigte. Anschließend wackelte ich Richtung hinterster Reihe und erkannte, dass ich der einzige Fahrgast war. Der Motor des Busses dröhnte, aber in mir schrie es tausendmal lauter. Meine Gefühle fuhren Achterbahn mit Loopings. Aber ich redete mir ein, dass fünf Stationen weiter jemand in der Lage war, diese Achterbahnfahrt in mir zu stoppen. Ich schaute aus dem Fenster und begann, die Lichter der entgegenkommenden Autos zu zählen. Eins, zwei, drei ..., es waren so wenig Autos wie Menschen unterwegs. Selbst auf einem Supermarktparkplatz war kaum mehr etwas los. Dabei war der Abend doch noch gar nicht so alt. Ich hörte, wie eine Frauenstimme vom Band meine Station ankündigte. Ich stieg aus dem Bus und spürte, dass in der kurzen Zeit, in der ich im Bus saß, die Temperaturen noch weiter gesunken sein mussten. Ich beeilte mich, das Haus meines Vaters zu erreichen. Ich klingelte. Aber auf mein Klingeln reagierte niemand. Nicht beim ersten Mal und nicht beim vierten Mal.

Man, ich bin euer Kind, aber niemand kümmert sich um mich. Nicht du, nicht Mama.

Verzweifelt schaute ich mich um. Mir blieb keine Wahl. Ich trabte zurück zur Bushaltestelle und wartete auf den Bus, der mich dorthin fahren würde, wo ich willkommen war. Ich konnte ja nicht auf der Straße übernachten. Aber ich betete auf dem Weg zu Jenny, dass ihre Eltern nicht das Fabienne-Thema auf den Tisch packten, denn dann würde die Achterbahn in mir völlig außer Kontrolle geraten. Birk empfing mich mit offenen Armen, Jenny sowieso. Ich setzte mich an den gedeckten Tisch und Susanna stellte eine große Portion mit Spinat, Kartoffeln und Spiegelei vor mir hin. Natürlich wollte Susi mit Jenny und mir über Marlon und Fabienne sprechen. Ich merkte, wie vorsichtig sie mit dem Thema umging. Aber Susi erkannte in unseren Gesichtern, dass wir darüber nicht sprechen wollten. Vor allem ich nicht. Nicht hier. Ich brauchte Jennys Familie doch als Halte-stange in der Achterbahn. Es war die einzige Haltestange weit und breit. Jennys Zuhause war der einzige Ort, wo ich Kraft tanken konnte. Und über Fabienne zu sprechen, hätte mir weitere Kraft gekostet.

Während ich die dritte Portion Spinat mit Kartoffeln in mich hineinschaufelte, fragte ich mich, was Jenny wohl sagen würde, wenn ich ihr erzählen würde, dass ich mir Vorwürfe wegen Fabi-enne machte? Wie würde Jenny reagieren, wenn ich behaupten würde, dass das alles nicht passiert wäre, wenn ich, statt mit ihr, mit Fabienne zusammengekommen wäre? Jenny wusste ja nicht einmal, dass ich damals bei Fabienne zuhause war. Auch Jenny konnte die Achterbahn nicht stoppen, das war klar, aber sie schaffte etwas anderes. Sie munterte mich auf, brachte mich zum Lachen. Mit einem Strohhalm und einer Colaflasche. Ihr Schlürfen war bestimmt bis zum Krankenhaus zu hören. Und der anschließende Rülpser brachte beinahe das Haus zum Wackeln.

Am nächsten Tag stand Susi in der Tür von Jennys Jugend-zimmer. Sie fragte, wann wir denn aufzustehen gedachten. Es wäre schon Mittag. Während Jenny ein »Hör auf zu reden, ich will schlafen« nuschelte und sich das Kissen auf den Kopf drückte, dachte ich an die letzte Nacht zurück. Vermutlich lag es an den drei Litern Cola, die wir intus hatten, denn, statt uns hinzulegen, saßen wir auf der Matratze und quatschten. Ich glaube, ich war es, dem dann irgendwann die Augen zufielen. Aber alles nicht schlimm, denn Schule war ja nicht. Deshalb war auch die Achterbahnfahrt an diesem Dienstag nicht so stressig. Jenny malte und ich schaute ihr dabei zu. Und wenn sie nicht malte, lachten wir. Viel und laut. Das tat gut, denn es lenkte von all den Problemen ab, die sehnsüchtig auf mich warteten. Und eines wusste ich seitdem. Der Mensch, der mal behauptete, Lachen sei gesund, der hatte Recht. Am Nachmittag fuhr mich Susi zum Training. Noch vor der Erwärmung erklärte Uschi der Mannschaft, dass Marlon kein Teil des Teams mehr sei. Und dann tat es Uschi ein weiteres Mal. Im Mannschaftskreis bat sie jeden Einzelnen unserer Gurkentruppe darum, den Eltern mitzuteilen, dass dringend eine Wohnung gesucht werde. Einen Torwart hatte das Team schon verloren. Der Verlust vom zweiten Torwart wäre das vorläufige Ende der Saison. Und die fing ja vor einem Monat erst an. Das klang alles so, als würde Uschi den Appell an die Jungs und die Eltern nur deshalb richten, weil sie sonst ohne Torwart dastand. Aber ich war mir sicher, dass das nicht so war. In der Runde behielt Uschi die Geschichte mit ihrem Sohn, der mein Vater war, für sich. Verstanden hätte sie von den Gurken, die neben mir auf dem Parkett saßen, sowieso keiner. Ich behielt es aber auch für mich, dass alles inzwischen viel schwieriger war, als Uschi dachte. Meine Mutter hatte kein Interesse mehr an mir, mein Vater wollte mich wohl bei sich haben, durfte aber nicht, in dieser Bredouille half auch keine neue Wohnung.

43. Kapitel

Abends saß ich wieder bei Jenny im Wohnzimmer. Mit dabei waren auch Susi und Birk. Und Hajo. An Hajo lag es aber nicht, dass an diesem Abend niemand lachte. Und an diesem Abend deckte auch niemand den Abendbrottisch. Stattdessen weinte Jenny stumm. Keine Ahnung, wie sie das anstellte, aber ihre Tränen flossen wie ein wilder Bachlauf, an dem man das Rauschen auf stumm stellte. Überhaupt erinnerte das Geschehen im Wohnzimmer an einen Stummfilm mit schlechter Beleuchtung, seit Birk uns darüber informierte, dass wir nun die Klassenkameraden von jemandem waren, der ein Menschenleben auf dem Gewissen hatte. Fabiennes Verletzungen waren stärker als sie selbst. Ich musste an ihre Eltern denken, die ich noch nie gesehen hatte. Wie es ihnen wohl erging? Der Schmerz, den Fabiennes Eltern durchmachen mussten, war für mich unvorstellbar. Jenny saß neben mir und flutete weiter den Wohnzimmertisch. Sie hielt nicht einmal meine Hand. Allein dieser Umstand zeigte mir die Schwere von diesem Moment auf.

»Es ist so unbegreiflich«, sagte Susanna. »Wie können so junge Menschen zu so etwas nur fähig sein?« Niemand in der Runde antwortete darauf. Außer ich. Es war eine Antwort, die sich nicht ankündigte. Ich pupste. Kurz und laut. Am liebsten wäre ich im Parkettboden versunken. Zum Glück sagte niemand etwas dazu. Nicht einmal Jenny, die sonst lachend unter dem Tisch gelegen hätte. Minuten später stand Jenny auf, nahm meine Hand und zog mich mit auf ihr Zimmer. Ich setzte mich auf die Matratze und sah Jenny zu, wie sie sich umzog. Ich hätte nie gedacht, dass es Dinge gibt, die dafür sorgen, dass es mich kalt lässt, Jenny für einen Moment nackt zu sehen. Im Bad putzten wir uns die Zähne, kurz darauf lagen wir auf der Matratze. Jenny legte sich wieder halb auf mich und schlief ein. Ich kam mir vor wie ein Teddybär, der einem traurigen Mädchen Trost in einer schweren Zeit spendete. Ich lag noch lange wach und dachte an Fabiennes dunkelblonde Haare, an ihr Puppengesicht, an den Moment, als ich sie zum ersten Mal wahrnahm. Sie stand auf, um Arbeitsblätter zu verteilen. Ich dachte an den Sportunterricht, als sie über die Laufbahn schwebte und ihr Po, während des Ausdauerlaufs, vor mir tanzte. Ich erinnerte mich an die Unterrichtsstunde bei Hajo, als sie Jenny und mich zurechtwies.

Kannst du jetzt mal deine blöde Klappe halten? Wir wollen was lernen.

Als würde Fabienne es gerade erst gesagt haben, klangen mir diese Sätze im Ohr. Da war dieser Freitag, als sie mich mit zu sich nach Hause nahm, um an dem Bio-Referat zu arbeiten. Am Ende saßen wir da, lachten und schauten einen Film, während die Haushälterin unsere Aufgaben erledigte. All diese Erinnerungen waren Hammerschläge für meine Seele. All das, woran ich mich erinnerte, kam nie wieder. Ich war doch erst vierzehn. Aber der Gedanke, dass Momente für immer vorüber waren, es jetzt schon Menschen gab, die man niemals wiedersehen würde, das zu wissen, überzog mich mit einer Gänsehaut. Ich konzentrierte mich auf Jennys Körper, der sich leicht hob und wieder senkte. Mit jedem Atemzug. Und während ich Jennys Atem lauschte, merkte ich, dass noch wer im Zimmer sein musste. Ich hörte nichts und sah niemanden. Und doch stülpte jemand einen großen Eimer Angst über mich. Es war die Angst, Jenny zu verlieren.

44. Kapitel

Während ich am nächsten Morgen versuchte, das Rührei mit der Gabel auf meine Brötchenhälfte zu tackern, saß Jenny nur da. Ihren Teller mit den Schokopops rührte sie nicht an. Vielleicht, weil sie sich daran erinnerte, was ihr neulich widerfahren war, als sie mit Schokopops im Mund sprechen wollte. Und sprechen wollte Jenny diesmal auch. Lieber als essen. Sie schlug vor, Fabiennes Eltern zu besuchen. Ich fragte mich, ob ich mich über diese Idee freuen sollte. Wäre Fabienne zuhause gewesen, wir ihr hätten Trost spenden können, ich hätte mich sofort auf den Weg gemacht. Aber es waren nur ihre Eltern, die wir besucht hätten. Was sollten wir denen sagen?

Tut uns leid um Ihre Tochter, vielleicht haben Sie ja irgendwo noch eine Zweite?

Es gelang mir ja nicht einmal, meine Mutter zu trösten, als die dringend Trost brauchte. Und jetzt sollte ich Fabiennes Eltern besuchen, die ich noch nie sah und diesen mein Beileid aussprechen? Etwas in mir setzte sich dagegen zur Wehr. Auch Susi und Birk rieten uns dringend davon ab, diese Idee umzusetzen. Es wäre noch zu frisch. Aber eine Beileidskarte oder ein Brief wäre doch nett. Diese Idee fand ich um Welten besser. Das sagte ich aber nicht. Stattdessen nippte ich an meinem Kakao. Doch Jenny wäre nicht Jenny, wenn sie Widerspruch geduldet hätte. Persönlich sein Beileid auszusprechen, wäre doch viel netter. Eine Karte konnte jeder schreiben. Natürlich widersprach ich Jenny nicht. Wenn nicht mal ihre Pflegeeltern es schafften, sie vom Gegenteil zu überzeugen, sah ich meine Chancen irgendwo zwischen 0 und Minus 20. Ich zerbrach mir aber umsonst den Kopf, denn am Ende entschied nicht Jenny und nicht ich über den Besuch. Und auch nicht Susi oder Birk.

Am Vormittag liefen Jenny und ich zum Haus von Fabiennes Eltern. Ich schaute ständig zum Himmel, der in ein dunkles Grau getaucht war. Die Wolken sahen aus, als würden sie jeden Moment anfangen zu weinen. Darum beeilten wir uns, das große Gartentor zu erreichen. Wir klingelten einmal, zweimal, dreimal. Niemand öffnete. Wie zwei Doofe standen Jenny und ich vor dem Haus, in dem Fabiennes Eltern nun alleine mit der Haushälterin wohnten.

»Dann probieren wir es später nochmal«, tröstete sich Jenny. Mich vertröstete sie damit lediglich.

Sonst verliefen die Tage wie erwartet. Denn, wie erwartet, erreichten wir meine Mutter noch immer nicht. Ich trug noch ihre Worte im Ohr. Du musst niemandem nachrennen, der sich selbst nie meldet. Das sagte sie zu mir, als ich feststellen musste, dass keine Klassenkameraden oder Freunde mehr von sich hören ließen, seit ich aus Ostfriesland weggezogen bin. Aber ich konnte diesen Spruch ja schlecht auf meine Mutter selbst beziehen. Sie war doch meine Mutter. Oder konnte ich das? Musste ich das sogar? Auch Jenny hatte darauf keine Antwort. Aber sie machte kein Geheimnis daraus, dass sie in dem Desinteresse, welches meine Mutter neuerdings an mir zeigte, viel Gutes sah. Das Beste war, dass ich, solange niemand meine Mutter erreichte, nicht nach Reinickendorf ziehen musste. Und solange niemand meine Mutter erreichte, blieb alles so, wie es war. Das war aber nur für Jenny gut. Ich sehnte mich mehr und mehr nach einem normalen Leben. Nach einem Ort, an dem ich zuhause war. Nach Eltern, die sich um mich sorgten. Aber hatte ich jemals Eltern, die sich um mich sorgten? Jetzt, wo ich meinen leiblichen Vater kennengelernt hatte, traf das eventuell und zur Hälfte zu. Sicher war ich mir aber nicht. Den einzigen festen Punkt, den es in meinem Leben noch gab, war das Handballtraining am Dienstag und am Donnerstag. Es war das Einzige, was noch so etwas wie einen Alltag erahnen ließ. Selbst der Unterricht fiel ja in dieser Woche aus.

Jenny und Susanna holten mich am Donnerstag von der Sporthalle ab, um Lebensmittel für das Wochenende einzukaufen. Aber wie das in meinem Leben eben lief, lief nichts ohne Zwischenfälle. Nicht mal mehr beim Einkaufen. Zwischen der Käse- und der Fleischtheke rief eine liebliche Stimme: »Hi! Das ist ja schön, euch hier zu treffen.«

Die Stimme kam mir bekannt vor, ich konnte sie aber erst zuordnen, als ich mich ihr zuwendete. Es war die hübsche Krankenschwester mit dem Entenmund und den schulterlangen blonden Haaren, die perfekt auf ihren runden Kopf zugeschnitten waren. Das war das erste Mal, dass ich sie ohne Schwesternkittel sah. Den hatte sie gegen eine hellblaue Jeans und ein weißes, dünnes Oberteil getauscht, welches wie ein Regenumhang aussah. Für einen Regenumhang war das Oberteil allerdings zu dünn. Außerdem hatte es Rüschen an den Enden. Erst viel später wurde mir klar, dass ich Manja viel zu lange anstarrte. Sonst hätte ich mich nicht an all die Details erinnern können. Auch Susanna erkannte Manja und wirkte nicht gerade, als wäre ihr diese Begegnung unangenehm. Eher wirkte sie, als könnte sie durch Manja Dinge erfahren, die sonst niemand wusste. Und das stimmte auch. Natürlich redeten Manja und Susi über Fabienne. Jenny und ich standen daneben und starrten und lauschten. Doch das, was wir hörten, ließ Jenny und mich mit aufgerissenen

Augen und offenen Mündern dastehen. Fabienne lebte. Sollte ich das glauben, was ich hörte? Fabienne lag jetzt nicht mehr auf der Intensiv- sondern auf der Palliativstation. Ich kannte diesen Begriff nicht. Und Jenny bestimmt auch nicht. Wir erfuhren aber, dass Fabienne Gesprächsthema auf allen Krankenstationen war, weshalb Schwester Manja auch Bescheid wusste. Sie arbeitete ja weder auf der Intensiv- noch auf der Palliativstation. Manja und Susi redeten weiter. Jenny und ich lauschten dem Gespräch der Erwachsenen, welches ausnahmsweise mal hochspannend war. Bis Manja bei mir einen Kurzschluss auslöste.

»Nein, gut sieht es sowieso nicht aus.«

»Es ist nur noch eine Frage der Zeit, bis sie einschläft.«

Es dauerte, bis ich meinen Mund wieder schließen konnte und es dauerte noch länger, bis ich begriff, was diese beiden Sätze bedeuteten.

Fabienne lebte noch, es war aber nur eine Frage der Zeit, bis sie ihren schweren Verletzungen erliegen würde.

Ich riss mich von Jenny los und rannte aus dem Laden.

Weglaufen war wohl die Alternative zu diesem dämlichen Nicken. Jetzt brauchte ich dringend eine Alternative zum Weglaufen.

45. Kapitel

Natürlich war es Jenny, die mich am Donnerstagabend wieder einfing. Sie war es auch, die mich am Freitag zum Lachen brachte und mich am Samstag zum Handballspiel begleitete. Wir waren in Reinickendorf zu Gast. Ausgerechnet. Und Reinickendorf war auch noch Tabellenführer. Mehr noch: Sie gewannen bisher alle Spiele in der Saison. Miesere Voraussetzungen konnte es nicht geben, dachte ich. Uschi dachte da anders.

Zum Glück. Die schickte uns mit den Worten: »Gebt alles, ihr habt nichts zu verlieren« aufs Parkett.

Mich zog sie, kurz vorm Anwurf, nochmal zur Seite und bat mich, neben ihr auf der Bank Platz zu nehmen.

»Reinickendorf ist ein großer Name in Berlin. Wenn du hier in der Nähe wohnst, du hättest mit Sicherheit eine Chance. Oder siehst du das anders?« Uschis Worte plätteten mich. Meinte sie das ernst, was sie sagte?

»Aber Ben, du hast ein Problem. Eigentlich zwei, aber das Zweite hat mit Handball wenig zu tun. Ich lass dich nicht gehen. Und ich werde alles tun, was in meiner Macht steht, dass du hier nicht hinziehen musst. Du willst es nicht, ich will es nicht. Und das Mädchen, das quer hinter uns sitzt, will es schon mal gar nicht.«

Ich lächelte. Ich war mir sicher, Uschi meinte jedes Wort ernst, was sie sprach. Schließlich war sie es, die schon zweimal meinen Mannschaftskameraden ins Gewissen redete, was die Suche nach einer Wohnung anging.

»Ich möchte, dass du denen bei jedem Wurf zeigst, was die

hier niemals kriegen werden. Einen verdammt guten Torwart. Verstehst du das?« Ich nickte. Das würde ich mir wohl niemals abgewöhnen. Immerhin rannte ich diesmal nicht davon.

»Nicht weinen, hörst du? Du kannst dir meiner Unterstützung sicher sein.«

Krass, wie gut mich Uschi inzwischen kannte. Ich unter-drückte eine Träne. Mit dem Spielbeginn scannte ich jeden Ball, der auf mein Tor kam. Und es waren verdammt viele Bälle. Und doch hielten wir das Spiel lange offen. Das war vor allem mein Verdienst. Vier von fünf Siebenmeter-Würfen wehrte ich ab, drei Tempogegenstöße entschärfte ich, und auch sonst wuchs ich über mich hinaus. Es waren sogar Bälle dabei, die eigentlich unhaltbar waren, die ich aber trotzdem über die Latte lenkte. Nach jeder erfolgreichen Ballabwehr stürmten meine Mitspieler auf mich zu, klatschten mich ab oder schlugen mir auf den Rücken. Und Jenny? Die legte nach jeder Parade auf der Tribüne einen Freu-dentanz hin. Das Spiel hatten wir verloren, aber nur mit 14:17. Vor dem Anwurf rechnete ich fest damit, hier mit mindestens 20 Toren Unterschied zu verlieren. Was ja nicht das erste Mal gewesen wäre. Nach dem Spiel stellte mir Uschi einen unter-setzten, dickbäuchigen Mann vor.

»Guten Tag junger Mann!«

Ich starrte auf die Bürste zwischen Nase und Oberlippe. Waren Oberlippenbärte etwa wieder in Mode? Musste ich später auch so ein Ding tragen?

»Ben, das ist Herr Kowalewski.«

Der Mann nickte zu Uschi Worten. »Schon mal was von der Berlin-Auswahl gehört?«

Ich glotzte weiter auf die schwarz-grauen Haare über Herrn Kowalewskis Mund.

186

»Ben zog erst im Sommer aus Ostfriesland nach Berlin.«

»Ah ja. Das erklärt, warum ich erst jetzt von dir höre.«

Der Ton erinnerte mich an Generalfeldwebel Stark.

»Uschi hat nur Gutes über dich berichtet. Und das, was ich heute von dir gesehen habe, junger Mann, hat genau das bestätigt. Ich gratuliere dir. Ich lade dich zum Training der Berlin-Auswahl ein. Da spielen nur die Besten der Besten aus Berlin.«

Sollte ich mich jetzt freuen? Die Sache war eindeutig. Man erwartete Freudensprünge von mir. Oder noch mehr. Klar, es war eine Ehre, in einer Auswahl spielen zu dürfen. Mich beschäftigte aber etwas anderes. Wenn ich in der Auswahl spielte, war es erlaubt, trotzdem noch bei Uschi und der Gurkentruppe zu spielen?

46. Kapitel

Am Montag rief wieder die Schule. Hätte mir jemand von dem Tag erzählt, an dem ich mich auf die Schule freuen würde ...

Marlon saß nicht im Klassenraum. Das war keine Überraschung. Die Lehrer kündigten für die kommenden Tage Tests in Englisch, Mathe und Naturwissenschaften an. Und darüber war ich froh. Vor Wochen hätte mir das noch Bauchschmerzen bereitet. Es war klar, warum ich mich über die angekündigten Arbeiten freute. Endlich hatte ich, neben Handball, wieder eine Aufgabe. Und ich konnte gemeinsam mit Jenny lernen. Das erhöhte meine Chancen, bis zu den nächsten Ferien noch ein paar gute Noten einzusammeln.

Den Nachmittag verbrachte ich bei Hajo. Wir saßen in seiner Küche und ich musste grinsen. Vor mir stand frisch aufgebrühter Pfefferminztee mit Klüntje. Oder halt Kandiszucker. Aber in Ostfriesland sagt man dazu Klüntje. Ich fand diese Teerunde zu zweit gemütlich. Hajo trank typischen Ostfriesentee, der war mir aber zu bitter. Zuerst schwiegen wir. Manchmal lächelte mir Hajo zu, während er seine winzige Teetasse hob, aber wir schwiegen weiter. Ich genoss die Ruhe und lauschte dem Knistern des Zuckers im Tee. Das klang altmodisch, war aber so, denn Krach habe ich noch nie gemocht, und Hektik auch nicht. Außer beim Handball.

»Irgendwann hast du mehr Zucker als Tee«, flüsterte Hajo. Er hatte recht. Ich hielt schon das fünfte Stück Zucker in die Tasse, damit es knisterte. Es war dieses Knistern, das mich faszinierte. Dieses dezente Knistern des Zuckers. Ich liebte es. Ich hob die

Tasse an und nippte an dem Tee, dann verzog ich das Gesicht. Der Tee schmeckte inzwischen wie dieser Krümeltee, den mir meine Mutter früher immer verboten hatte, weil der zu viel Zucker enthält. Mein Pfefferminztee enthielt jetzt auch viel zu viel Zucker. Mein Vater lächelte mir wieder zu, und dann platzte der Knoten. Endlich. Hajo gestand mir, dass er mit der Doppelrolle Vater – Lehrer Schwierigkeiten hatte. Er wollte seinen Sohn nicht bewerten müssen. Er wollte für ihn da sein, Teil seines Lebens werden und die Rolle ausfüllen, die Andreas Schuhmacher nie ausfüllte. Die Vaterrolle. Genauso sagte es Hajo und schaute dabei wieder wie Kermit der Frosch. Wie so oft sagte ich nichts dazu, drückte mit meinem Lächeln aber aus, dass seine Worte für warme Gefühle in mir sorgten.

Draußen war es lange dunkel, als ich mir vorstellte, am nächsten Morgen vor der Schule aus dem klapprigen Benz meines Klassenlehrers zu steigen. Eine komische Vorstellung. Ich war noch nie scharf auf unnötig viel Aufmerksamkeit, weshalb ich lieber wieder zu Jenny fuhr. Hajo verstand das. Wir hatten beide unsere Probleme mit unserer Doppelrolle. Nicht nur er als Vater und Lehrer, auch ich als Sohn und Schüler. Zum wievielten Mal empfingen mich Susi und Birk mit offenen Armen? Und obwohl auch Jenny wie gewohnt reagierte, spürte ich, dass etwas in der Luft lag. Aber das, was in der Luft lag, konnte ich nicht einordnen. Es war nicht greifbar. Abgesehen von dem Duft nach Kartoffelsuppe. Susannas Blick war ein Mix aus Erleichterung und Traurigkeit. Und ihre Worte mischten eine Prise Spannung dazu.

»Magst du dich setzen? Dann können wir uns kurz unterhalten.«

Worüber unterhalten? Was ist denn jetzt schon wieder passiert?

Ich setzte mich an den Esstisch. Susannas Blick entzog ich mich lieber, stattdessen beobachtete ich erst Jenny, die mich freudig anlächelte, und schaute dann zu Birk, der am Küchentresen lehnte und an einem Glas Apfelsaft nippte. Dann stellte er es ab und sprach fünf Wörter, die eigentlich so normal waren. Aber was war in meinem Leben schon normal?

»Deine Mutter hat sich gemeldet.«

Okay! Und jetzt? Lachen? Weinen? Was erwartete man von mir? Zu meiner Überraschung reagierte ich gar nicht. Wirklich nicht. Ich erstarrte regelrecht.

Deine Mutter hat sich gemeldet.

Was sollte ich von dieser Nachricht halten? Und warum meldete sich meine Mutter nicht bei mir selbst? Die Antwort auf diese Frage drängte sich wie von selbst in meinen Kopf. Mein Handy steckte ausgeschalten in der Schultasche und bei meinem Vater rief meine Mutter wohl aus Prinzip nicht an. Aber hatte sie überhaupt seine Nummer? Susi bat mich, meine Mutter zurückzurufen. Dieser Wunsch verursachte Bauchschmerzen. Ich zog meine Beine hoch und umklammerte meine Knie. Wie ein Igel kugelte ich mich auf dem Stuhl zusammen. Ich wollte meine Mutter nicht anrufen. Sie ließ so lange nichts von sich hören. Und ich war mir sicher, wenn ich anrief, war Friede, Freude, Eierkuchen. Alles in bester Ordnung. Birk legte Susannas Telefon vor mir auf den Tisch. Das war eindeutig. Aber schlecht war die Idee nicht, unter Susis Nummer anzurufen. So wusste meine Mutter nicht gleich, dass *ich* sie anrief.

»Sollen wir dich allein lassen?«, fragte Susanna. Im gleichen Augenblick spürte ich Jennys Hand auf meinem Oberschenkel.

Ich schaute sie an und vergaß, auf Susannas Frage zu antworten. Jennys Berührung war wie ein Ladekabel, welches mich in Rekordzeit auflud. Ich griff das Telefon und tippte die Nummer meiner Mutter ein. Und natürlich kam es genau so, wie ich befürchtete.

»Hallo?«

»Moin, hier ist Ben ...«

»Moin mein Kleiner, wie geht es dir?«

»Gut?«

»Was machst du so?«

Ich griff nach Jennys Hand und presste so stark zu, wie es meine Kraft zuließ. Mein Körper bebte und Jenny erwiderte den Druck. Mit der anderen Hand hätte ich das Telefon gerne in die Ecke geworfen. Wenn dort meine Mutter gestanden hätte. Wieso entschuldigte sie sich nicht, dass wir sie so lange nicht erreichen konnten? Stattdessen spielte sie die heile Welt vor. Am liebsten hätte ich vor Wut ins Telefon gekotzt. Jenny und ich schauten uns an, während Mareike Grützemacher mehr mit sich selber sprach, denn ich hörte ihr nicht mehr zu.

»Bist du noch mit deiner kleinen Freundin zusammen?

Hallo?

Bist du noch dran?«

Ich atmete ein, vergaß aber, wieder auszuatmen.

»Wenn wir uns wiedersehen, habe ich eine Überraschung für dich. Aber die erfährst du erst morgen.«

Ich sagte nichts dazu, außer: »Mama, ich muss Schluss machen. Ich habe noch viele Hausaufgaben auf. Tschüss.«

Für Überraschungen brauchte ich meine Mutter nicht. Wenn meine Mutter eine Überraschung ankündigte, hatte das oft eine Tragödie zur Folge.

»Hat dir deine Mama erzählt, was wir abgesprochen haben?«, fragte Susi und streifte sich eine rote-blonde Strähne zurück, welche vor ihren Augen baumelte. »Wir haben uns für morgen verabredet. Alle gemeinsam. Deine Mama hat zugesagt. Wir brauchen endlich eine Lösung für dich.«

Das war wohl diese Überraschung, wie meine Mutter es nannte.

»Genau. Damit du hier bald richtig wohnst.« Jennys Worte klangen zwar lustig, aber ich wusste, sie meinte das ernst. Es war ihr großer Wunsch, dass ich mit ihr für immer bei Susi und Birk wohnte.

»Wir müssen gemeinsam schauen, was das Beste für dich ist. Was *du* möchtest und was deine Eltern möchten.«

»Und was ist mit mir? Werde ich nicht gefragt? Ich bin schließlich bald seine Frau.«

Oh Jenny!

»Wenn ihr verheiratet seid, frühestens in fünf Jahren, *dann* zählt deine Meinung auch.«

Gerne hätte ich Jenny vor ihrem Papa verteidigt, aber das traute ich mich nicht. Ich wollte nicht anecken. Nicht bei Susi und Birk. Aber zum Glück schwächte Susi die Worte ihres Mannes etwas ab.

»Natürlich zählt deine Meinung auch. Aber es geht zuerst um Ben. Und ganz wichtig: Egal ob man verheiratet ist oder nicht, man ist trotzdem noch ein eigenständiger Mensch.«

Besser hätte ich es nicht ausdrücken können. Danke Susi.

47. Kapitel

In der Schule war der Wellengang nicht mehr ganz so stark. Meine Noten pendelten sich inzwischen bei Drei ein, womit ich gut leben konnte. Und manchmal gab es sogar Ausreißer Richtung Zwei oder einer Eins. Und das lag nicht daran, dass mein Klassenlehrer jetzt mein Vater war. Es war vor allem Jenny, die mir half, das Schiff zu steuern. Mit Rat und manchmal auch mit Taten.

Herr Stark war heute nicht in der Schule, wodurch es im Sportunterricht deutlich ruhiger war. Natürlich wusste ich, dass es am Abend eine Springflut geben würde. Und auf die wollte ich mich vorbereiten. Eigentlich. Aber was ich nicht wusste, war, dass es am Nachmittag bereits eine hohe Welle geben sollte. Die war nicht besonders hoch, aber sie sorgte für ordentlich Schlagseite in meinem Kopf. Mit meiner dunkelblauen Sporttasche lief ich Richtung Sporthalle zum Training. Etwas entfernt erkannte ich eine Frau, die einen Rollstuhl durch das matschige Herbstlaub schob. Sie kam mir entgegen. Das Mädchen im Rollstuhl, das Fabienne ähnelte, stierte in meine Richtung. Ich hatte keine Zweifel. Das Mädchen im Rollstuhl war Fabienne. Fabienne schaute aber nicht zu mir, sondern geradeaus. Sie wirkte, als hätte jemand in ihr einen Schalter auf Pause gestellt.

»Du bist Benjamin, stimmts?«

Ich schaute die Frau, die sich an den Griffen des Rollstuhls klammerte, an und nickte nicht einmal. Ihr Gesicht sah aus, als schob sie Fabienne seit drei Tagen durch die Gegend. Ohne

Unterbrechung. Woher kannte mich die Frau? Wenn es Fabiennes Mutter war, konnte sie mich nicht kennen.

»Fabienne hat viel von dir erzählt. Dass ihr viel gelacht habt, als du sie mal besucht hast, dass du der schüchternste Junge wärst, den sie jemals traf. Und sie schwärmte von deinem friesischen Dialekt. Ich glaube, du hast Fabienne mit deiner Art damals ziemlich beeindruckt.«

Ich stand neben dem Rollstuhl und hoffte, dass Fabienne ihren Kopf nicht zu mir drehte. Eine blöde Hoffnung war das. So wie ich Fabienne wahrnahm, war sie gar nicht mehr in der Lage, ihren Kopf zu drehen. Ich schielte zu ihr und erkannte, dass ihre nicht ganz dunkelblonden Haare inzwischen mehr braun als blond waren. Und sie sahen aus, als hätte jemand die Haare an ihrem Kopf angeklebt. Nein, ihre Haare sahen nicht so aus, als wären sie angewachsen.

»Wir haben Fabienne heute Morgen aus dem Krankenhaus geholt. Hier bei uns wird sie auch wieder gesund. Wir müssen nur Geduld haben.« Diese Sätze von Fabiennes Mutter lösten in meinem Kopf einen Deichbruch aus, weshalb die zwei Sätze von Manja aus dem Krankenhaus meinen Kopf fluteten.

Nein, gut sieht es sowieso nicht aus.

Es ist nur noch eine Frage der Zeit, bis sie einschläft.

Jetzt hatte mein Kopf die angekündigte Schlagseite. Ich schielte zu Fabienne hinunter. Und ich erkannte, dass Schwester Manja die Sache wohl realistischer einschätzte. Wäre ich die Mutter, hätte ich mich aber auch an jede Boje geklammert, die noch irgendwie zu erreichen war. Fabienne gab Töne von sich. Eine Mischung aus Grunzen und Röcheln. *Grchracharrch, grchracharrch.* Es klang, als widersprach sie meinen Gedanken. Wie damals in der Schule, als sie Jenny und mich ruppig zurechtwies.

Vielleicht sagte sie, dass ich meine blöden Gedanken ja für mich behalten sollte. Sie wollte endlich wieder gesund werden. Doch ich hörte nur *Grchracharrch, Grchracharrch*.

»Du kannst uns ja mal besuchen kommen. Wie wäre es mit morgen? Kommst du zum Abendessen?«

Ich erinnerte mich an das eine Mal, als ich Fabienne besuchte. So schön würde es nie wieder werden. Dann dachte ich an Jennys Idee zurück und daran, dass ich Fabiennes Eltern ja besuchen wollte, aber nur, wenn auch Fabienne da wäre. Aber das, was da vor mir im Rollstuhl saß, war nicht mehr Fabienne. Das war nur noch ihre schrumpelige Hülle. Meine Mutter meinte einmal zu mir, dass mir meine Unangepasstheit irgendwann im Wege stehen werde. Das stimmte aber nicht. Es war meine Angepasstheit, die mir im Weg stand. Ich wollte Fabienne nicht besuchen, traute mich aber nicht, das auszusprechen. Was sollte ich auch mit ihr machen? Reden? Lachen? Einen Film gucken?

»Wir müssen nach Hause. Ich glaube, Fabienne hat die Hosen voll.«

Die hatte ich auch voll, wenn ich mir den morgigen Abend bei Fabienne vorstellte. Der Abend, der mir heute noch bevorstand, geriet bei dieser Vorstellung völlig in Vergessenheit.

48. Kapitel

Am Abend legten Jenny und ich unsere Englischbücher zur Seite. Ein würziger Geruch lockte uns die Treppe hinunter. Im Wohnzimmer erkannten wir vor der Fensterfront ein Buffet für mindestens zwanzig Personen. Die Messer und die Gabeln steckten in schmalen Holzgefäßen. Auf dem Tisch, um den acht Stühle platziert waren, lag ein Schreibblock mit einem Stift. Noch bevor die ersten Gäste die Türklingel betätigten, erzählte uns Susanna noch einmal, was für diesen Abend geplant war.

»Ich mach auf«, rief Jenny und rannte zur Tür. Hajo stand davor. Mit seiner Begleitung.

»Hey«, meinte mein Vater nur.

Ich schaute ihn und seine Begleitung an. In der Hoffnung, dass mir das jemand erklärte. Mein Vater kam in Begleitung von Manja, die uns lächelnd zuwinkte. Sie winkte so, als wäre es selbstverständlich, hier, gemeinsam mit meinem Vater zu erscheinen. Die beiden hatten was miteinander. Das merkte ich. Auch wenn sie nicht ihre Hände hielten, sich umarmten oder küssten. Da war was im Busch. Das konnte ich daran erkennen, wie sich Manja und mein Vater anschauten. Mein Vater schaute nervös, während Manja ihm ein beruhigendes Lächeln schenkte. Ein *Wir schaffen das gemeinsam – Lächeln.*

Nach dem ersten Schocker folgte der Zweite, obwohl meine Mutter noch nicht da war. Ich bestaunte das Buffet. Panierter Kohlrabi, Möhren, Erbsen, mit Käse überbackener Brokkoli, auch die Bruschetta sah lecker aus. Dazu Nudel- und Kartoffelsalat. Aber was war das bitte in der Schüssel ganz außen? Das roch nach Fisch, sah aber nach etwas aus, was man mit Fisch nicht tun sollte. Ich kam aus Ostfriesland, da hätte man für so etwas mindestens die gleiche Strafe bekommen, die man sich für Marlon wünschte. Auch wenn Fische natürlich nicht mit Fabienne gleichzusetzen waren. Trotzdem. Es war das erste Mal, dass ich mich vor Fisch ekelte.

»Möchtest du einen Löffel?« Ich schüttelte schnellstmöglich den Kopf.

»Das ist Häckerle. Kennst du nicht, oder?«, fragte mein Vater. »Das schmeckt super-lecker. Kannst du mir glauben.«

Ich schaute meinen Vater an und zog meine Augenbrauen nach oben. So, als hätte ich ihn fragen wollen, ob er das ernst meinte. Mein Vater hätte sich auf den Kopf stellen können, es blieb dabei. Zum ersten Mal in meinem Leben lehnte ich Fisch ab. Auf den unappetitlichen Anblick der Häckerle-Schüssel folgte der bedauerliche Anblick meiner Mutter, die, wie erwartet, neben der schlafenden Annabell, den Sozialfuzzi im Schlepptau hatte. Der trug ein blaues Cord-Sakko über einem weißen Hemd. Er wollte vermutlich festlich rüberkommen. Klappte aber nicht. Das Sakko war ihm mindestens zwei Nummern zu klein, weshalb er aussah wie eine Presswurst. Meine Mutter trug ein geblümtes Kleid. Diesen Lappen trug sie das letzte Mal auf dem Standesamt, nachdem Annabell zur Welt kam.

»Vielen Dank für die Einladung. Wir haben uns sehr gefreut.«

»Schön, dass Sie es so kurzfristig möglich machen konnten«, erwiderte Susanna.

»Das ist selbstverständlich. Schließlich geht es um unseren Sohn.«

Wäre der letzte Satz von meiner Mutter gekommen, ich hätte

nicht mit den Ohren gewackelt. Aber er kam von dem Vollbart, der letztens noch in weißer Feinripp-Unterwäsche vor mir stand.

Ich war nicht dein Sohn, du Häckerle.

Dann war es natürlich wieder Jenny, die das aussprach, was ich dachte. Wenn auch sehr direkt und kein bisschen leise.

»Cool, wie viele Väter du inzwischen hast«, lachte sie schallend und sorgte damit für ein erstes Stirnrunzeln bei der Presswurst.

»Ich wusste nicht, dass du auch eingeladen bist.« Hajo ignorierte die Spitzen meiner Mutter. Aber die streute weiter Pfeffer in die Runde. »Aber das ist ja typisch für dich. Die ersten Jahre kümmerst du dich kein bisschen und lässt mich die ganze Arbeit machen und nun, wo kaum mehr etwas zu tun ist, kommst du und schmückst dich mit den Federn anderer Leute.«

Das klang, als wäre ich ein Haus, das meine Mutter gebaut hat. Jetzt war das Haus fast fertig und mein Vater zog ein.

»Bedienen Sie sich ruhig am Buffet. Dann nehmen Sie bitte Platz. Wir müssen einiges besprechen und endlich Lösungen finden.«

Susannas Worte klangen hochoffiziell, trafen es aber auf den Punkt. Nachdem sich die meisten die Teller füllten, saßen alle am Wohnzimmertisch.

»Möchten Sie nichts essen, Herr ...?«

»Nein danke, ich ernähre mich grundsätzlich vegan.«

»Die Möhren und die Erbsen sind vegan. Die Bruschetta ebenso. Den Kartoffelsalat haben wir ausschließlich mit Gurken, Öl und Zwiebeln zubereitet.«

»Ich sagte ja bereits: Nein danke! Ich habe schon so oft schlechte Erfahrungen sammeln müssen. Da verzichte ich lieber«, sprach Mister-*Allein mein Vollbart macht mich ja so karitativ.*

»Wie ich eben schon sagte, wir brauchen für Benjamin endlich eine Lösung bzw. er braucht endlich wieder einen festen Wohnsitz. Ich möchte betonen, dass wir nichts dagegen haben, wenn Benjamin hierbleibt, dafür benötigen wir aber die Einverständnis der Sorgeberechtigten. Momentan haben wir das Gefühl, für Benjamin eine Art Asyl zu sein. Und Asyl heißt für uns, dass es keine Dauerlösung ist. Die braucht der Junge aber. Und zwar dringend.«

»Für mich ist es eine Dauerlösung«, positionierte sich Jenny. Doch Susanna winkte ab. Mein Vater meldete sich zu Wort.

»Ich möchte ehrlich sein. Ich habe mit Ben bereits über unsere aktuelle Situation gesprochen. Wir beide haben arge Probleme mit unserer jeweiligen Doppelfunktion. Ich als Vater und Lehrer, er als Sohn und Schüler.«

»Das ist sehr dünnes Eis, auf dass Sie sich da begeben«, schmalzte Herr Unbekannt in Hajos Richtung. Der stieg auf das Geschwafel des Vollbarts aber nicht ein.

»Aus diesem Grund habe ich um eine Versetzung in eine andere Schule gebeten. Mir wurden fast fünfzehn Lebensjahre mit meinem Sohn genommen, nun möchte ich ...«

»Also, das ist ja wohl ...«, unterbrach ihn meine Mutter.

»Niemand hat Sie daran gehindert, Kontakt zu Ihrem Sohn aufzunehmen. Dies lag allein in Ihrer Hand. Hören Sie auf, andere Menschen für Ihre eigenen Fehler verantwortlich zu machen«, beendete der Vollbart den Einwand.

»In unserem Haus lässt man sich ausreden. Bitte beachten Sie das.« Meine Mutter und ihr neuer Freund verschränkten eingeschnappt die Arme vor der Brust.

»Bitte weiter.«

»Ich arbeite seit sechs Jahren an dem Gymnasium und ich

arbeite sehr gerne dort. Die Vaterrolle ist mir aber wichtiger.«
Dann schaute mein Vater zu mir. »Ben, ich möchte für dich
da sein. Die Entscheidung, wo du in Zukunft leben möchtest,
möchte ich aber dir allein überlassen.«

»Dürfen wir jetzt auch mal etwas sagen?«, fragte meine Mutter
im Tonfall einer Zicke. Birk erteilte ihr süffisant das Wort. »Ich
habe unserem Sohn am Telefon bereits eine große Überraschung
angekündigt. Da er sich ja bekanntlich sträubt, mit nach Reinik-
kendorf zu kommen, haben wir uns entschlossen, in Archibalds
Wohnung zu ziehen. Die ist größer und liegt nur zwei Kilometer
von der Schule entfernt.«

Der Typ hieß wirklich Archibald? Dann hieß der so, wie er
aussah.

»Das heißt doch in jedem Fall, dass du nicht nach Reinickendorf ziehen musst. Super. Damit ist das Wichtigste geklärt. Wir
können schlafen gehen.«

»Jenny, bitte.« Jenny lächelte, drückte mir einen Kuss auf die
Wange und legte ihre Hand auf meinen Schoß. Dann übernahm
Susanna wieder das Kommando.

»Ben, du hast deine Eltern gehört. Es gibt verschiedene
Möglichkeiten für dich. Ich weiß, es ist schwer, sich heute Abend
zu entscheiden und wenn es nicht geht, dann bekommst du jede
Bedenkzeit, die du brauchst. Aber vielleicht weißt du ja schon,
was du möchtest?«

Ich drucksте herum. Mir fehlte der Mut, meiner Mutter eine
Abfuhr zu erteilen. Aber sie war raus. Sowas von raus. Sollte sie
doch mit ihrem Archibald glücklich werden. Wer weiß, wie lange.
Schlimm genug, dass Annabell das alles miterleben musste.
Meine Entscheidung fiel also zwischen meinem Vater und Jenny.
Obwohl, wenn ich allein auf mein Herz gehört hätte, dann wären

Jenny, Birk und Susanna hier als klare Sieger herausgegangen. Dann riss mich der Archibald aus meinen Gedanken.

»Was soll das hier überhaupt? Ein Kind gehört zu seiner Mutter. Vor allem dann, wenn es gar keinen Bezug zu seinem Vater hat. Und es ist völlig ausgeschlossen, dass der Junge *hier* wohnt.«

»Moment, wieso war es denn die letzten Wochen nicht ausgeschlossen, dass er hier wohnte? Oder haben Sie da etwas nicht mitbekommen?«, fragte Birk provokant.

»Also, so müssen wir nicht mit uns reden lassen, Mareike.«

»Doch, das müssen Sie!«, warf Susanna ein. »Wir sitzen hier, um endlich einmal Tacheles zu reden. Die Dinge müssen auf den Tisch gepackt werden. Sie können doch nicht sagen, dass es nicht geht, wenn es in den letzten Wochen eben doch ging. Und ich wiederhole die Frage meines Mannes gerne noch einmal. Kann es sein, dass Sie in den letzten Wochen einiges nicht mitbekommen haben? Oder Sie, Frau Grützemacher, wo war Ihr Sohn an all den Tagen, an denen wir Sie nicht erreichten?«

»Für uns ist das hier beendet. Sie können hier gerne weiter Ihre Dinge auf den Tisch packen, wie Sie so schön sagen. Aber wir möchten an keinem Tisch sitzen, wo so respektlos miteinander umgegangen wird«, sprach der neue Freund meiner Mutter.

Er stand auf und marschierte, mit Mareike und der schlafenden Annabell, zur Tür. Dieses Verhalten war typisch. Wenn es eng wurde, duckte sich meine Mutter weg. Nur bei Andreas Schuhmacher duckte sie sich zu spät weg. Doch an diesem Abend, in diesem Haus, zog ihre Masche nicht. Birk rückte seinen Stuhl nach hinten, marschierte ebenfalls Richtung Haustür, überholte meine Mutter und den Vollbart und baute sich vor ihnen auf.

»Wissen Sie, Sie haben Recht. Sie besitzen das Sorgerecht und das Umgangsrecht für Ben. Sie allein haben die Verantwortung für ihn. Und deshalb sage ich Ihnen eins: Wenn Sie jetzt gehen, melde ich Sie beim Jugendamt. Das wäre das Erste, was ich morgen tue. Entscheiden Sie sich.«

»Mareike? Wir gehen! Niemand muss sich drohen lassen.«

Dann waren sie weg. Und von drei Möglichkeiten hatte ich noch zwei. Das machte die Entscheidung aber nicht leichter.

49. Kapitel

Am nächsten Tag gab ich den Vokabeltest mit einem angenehmen Gefühl ab. Und mit einem angenehmen Gefühl lief ich am Nachmittag, mit Jenny, aus dem vom Graffiti gezierten Schultor.

»Hey ihr Zwei!« Wir drehten uns um. Ich erkannte Manja, die aus einem Auto winkte. Aber war das ein Auto? So ein Ding hatte ich noch nie gesehen. Diese Karre sah so alt wie meine Eltern aus. Mindestens.

»Wollt ihr einsteigen? Ich kenne ein nettes Café, wo man in Ruhe quatschen kann.«

Jenny und ich schauten uns an. So gerne ich mit Manja gequatscht hätte (immerhin war sie die süßeste Erwachsene, die ich kannte), es passte nicht in meinen Zeitplan. Das klang spießig, aber ich war froh, wieder einen Zeitplan zu haben. Ich war froh, wieder zu wissen, was kam. Deshalb kam es mir nicht in den Sinn, an meinem weiteren Tagesablauf zu rütteln.

»Geht nicht. Ich habe um 18:00 Uhr Auswahltraining«, verteidigte ich meine Absage.

»Das schaffen wir. Ich fahre dich danach direkt hin.«

»Na komm, lass uns ruhig mitfahren«, forderte mich auch Jenny auf und zerrte an meinem Arm. Aber da gab es noch ein anderes Problem. Ich war am Abend bei Fabienne eingeladen und Jenny wusste davon noch nichts. Ich wollte Jenny aber auch nicht verärgern, wenn ich ihr von der Einladung erzählte.

Ich entschied mich, die halbe Wahrheit zu sagen. Die andere Hälfte würde ein vorgetäuschter Kompromiss werden. Wichtig war nur, dass Jenny noch von der Einladung erfuhr. Und wichtig war natürlich auch, dass Jenny nicht traurig war. Dass sie mich, wenn sie von dem Besuch bei Fabienne erfuhr, dahin begleiten würde, wäre sowieso nicht zu rütteln gewesen.

»Wenn wir jetzt bei Manja mitfahren, würdest du dann heute, nach dem Auswahltraining, noch mit zu Fabienne kommen?«

»Klar! Total gerne!«

Jetzt ließ ich mich von Jenny zufrieden in das winzige Autoding ziehen. Und das war nicht einfach, weil die Türen, die einem Halbkreis ähnelten, wirklich klein waren. Oder anders ausgedrückt: Für große Menschen, also alle über 1,80 Meter war dieses Ding zu klein.

»Cooles Auto, oder?«, fragte der Entenmund, als sich die Klapperkiste in Bewegung setzte. Ich verstand Manja kaum, weil der Fahrtwind sich mit dem Autodach anlegte. Das Dach sah aus, als wäre es aus Stoff. Deshalb war es nur eine Frage der Zeit, bis es wegflog. Es tuckerte und ruckelte überall und mein Sitz fühlte sich wie ein Gartenstuhl an. Kamen wir damit bis zum Café? Oder fiel das Teil vorher auseinander?

»Wisst ihr, wie man so ein Auto nennt?«

»Sag mal!«, meinte Jenny um eine Antwort bittend. Selbst sie hatte Mühe, den Motor und den Fahrtwind zu übertönen.

»Das ist eine Ente. Früher hießen die Autos noch Ente oder Käfer. Ich wollte immer eine Ente haben. Ich finde die voll cool. Das sind noch richtige Autos. Okay, schnell fahren kann man damit nicht, aber muss man ja auch nicht.«

Eine Ente. Das passte. Total.

Zehn Minuten später erreichten wir das Café. Jenny und ich setzen sich auf ein Sofa, auf dem ich erstmal einsackte. Manja saß auf einem Rattanstuhl und bestellte für sich einen Kaffee, ich nahm einen Pfefferminztee und Jenny einen Kakao. Es war ein gemütliches Café mit vielen Bildern an der Wand. Und alle waren schwarz-weiß. Ähnlich wie Jennys Bilder. Nur wirkte das Schwarz hier viel kräftiger.

»Du hast dich gestern bestimmt gewundert, dass dein Papa mit mir zu der Einladung kam, stimmts?«

Natürlich wunderte ich mich. Aber seit ich in Berlin wohnte, wunderte ich mich ständig. Und inzwischen wunderte ich mich sogar darüber, dass ich mich überhaupt noch über irgendwas wunderte.

»Ein bisschen.«

Ich untertrieb maßlos.

»Du und Kermit, geht ihr zusammen?«, fragte Jenny.

Oh, wie ich Jenny für ihre unbekümmerte Art bewunderte.

»Kermit?« Manja verschluckte sich an ihrem Kaffee.

»Na Hajo.«

»Ihr nennt Hajo Kermit?«

»Ja, weil er seinen Kopf immer so nach vorne streckt und so leichte Glubschaugen hat.«

Leichte Glubschaugen. Oh Jenny!

»Aber jetzt sag doch mal, geht ihr miteinander oder nicht?« Manja stellte ihre Tasse auf einem kleinen Teller ab.

»Ja, wir sind seit drei Jahren ein Paar.«

»Aber als wir Bens Mama im Krankenhaus besuchten und dich sahen, merkte man davon nichts. Ihr habt euch nicht in den Arm genommen. Ihr habt euch nicht mal begrüßt. Also so, wie sich Liebespaare eben begrüßen.«

»Ich wusste, dass Bens Mama bei mir auf der Station lag. Und Hajo hat es von mir erfahren. So konnten wir uns gut darauf vorbereiten. Und Bens Mama musste ja nicht unbedingt wissen, dass es die Freundin ihres Ex-Mannes ist, die ihr immer die Infusion wechselt.«

»Aber woher wusstest du, dass das die Mama von Ben war?«

»Ben hat sie im Krankenhaus besucht. Gemeinsam mit euch. Erinnerst du dich?«

»Stimmt!«

»Und Hajo hat mir erzählt, dass er der Klassenlehrer von seinem leiblichen Sohn war. Wisst ihr, Hajo und ich lieben uns sehr. Wir vertrauen uns alles an, finden es aber auch wichtig, dass der Partner seine Freiräume hat. Und deshalb bin ich gestern Abend mitgekommen. Ich wollte mich nicht in die Angelegenheit einmischen, das ging mich ja nichts an. Aber ich wollte bei Hajo sein und ihm Halt geben.«

»Wie seid ihr zusammengekommen?«, fragte Jenny. Manja nippte wieder an ihrem Kaffee und antwortete, dass es die Liebe zu alten Autos war, die sie zusammenbrachte.

»Aber ihr wohnt nicht zusammen«, stellte Jenny fest. »Als Ben und ich mal bei Hajo waren, wohnte er da alleine.«

»Das muss man auch nicht. Hajo und ich brauchen beide unsere Rückzugsmöglichkeit. Deswegen sind wir uns einig, nicht zusammenzuziehen zu wollen.« Der Entenmund streckte sich zu den schwarz-weißen Bildern an der Wand. »Und wenn ich euch beide sehe, wie ihr euch gegenseitig Halt gebt, und das in eurem Alter, da können sich so manche Erwachsene eine Scheibe abschneiden. Man spürt, dass ihr euch sehr liebt.«

Sie sagte tatsächlich, dass wir uns lieben. Für sie war das keine Kinderei. Jenny und ich grinsten uns an, dann legte Jenny ihren Kopf auf meine Schulter.

»Niemand hat das Recht, euch zu trennen. Aber du, Ben, du hast das Recht, ein Zuhause zu haben. Und schau mal, wenn du bei deinem Papa wohnst, könnte Jenny dich immer besuchen. Dann könnte sie auch mal bei dir übernachten. Und ich bin mir sicher, du verstehst dich gut mit deinem Papa.«

Daran hatte ich keinen Zweifel. Immerhin respektierte er mich und wechselte für mich sogar seine Schule. Und er hatte eine Freundin, die so hübsch wie meine war. Als wir uns wieder in die Ente quetschten, hatte mich Manja endgültig davon überzeugt, zu meinem Vater zu ziehen. Und dank Manja freute mich darauf. Vor allem, weil ich wusste, ich konnte jederzeit zu Jenny. Und sie konnte jederzeit zu mir, weil auch ich bald wieder ein richtiges Zuhause haben würde.

50. Kapitel

Manja und Jenny schauten beim Auswahltraining zu. Endlich hatte ich die Chance, wieder richtig Handball zu spielen. Das Niveau der Berlin-Auswahl glich in etwa dem, was ich aus Ostfriesland gewohnt war. Und trotzdem war es mir wichtiger, neben dem Training in der Auswahl-Mannschaft, weiter bei Uschi und der Gurkentruppe zu spielen. Nach dem Training setze Manja uns bei Jenny ab. Wir wechselten unsere Klamotten und spazierten anschließend zu Fabienne. Nein, an diesem Tag kam keine Langeweile auf. Und ich war erleichtert, dass ich endlich wieder mehr Ordnung in meinem Alltag hatte.

Jenny klingelte. Das baumlange Gartentor schob sich wie von Geisterhand zur Seite. Ich erkannte Fabiennes Mutter. Durch die Lichter im Garten sah sie, in der Tür stehend, wie ein Engel aus. Doch je näher wir zur Tür kamen, desto deutlicher erkannte ich einen gebrochenen Engel, der sich mit letzter Kraft ein Lächeln ins Gesicht meißelte.

»Das ist schön, dass ihr gekommen seid.« Wir lächelten im Duett. Aus Verlegenheit. »Kommt doch rein.«

Der Gang durch die Tür weckte Erinnerungen. Erinnerungen, für die ich mich schämte. Aber die Gefühle, die der Gang durch die Haustür auslöste, waren nun mal die Gleichen wie damals. Nein, es waren nicht die Erinnerungen an meinem einstigen Besuch bei Fabienne. Die Erinnerungen, die dieser Moment auslöste, gingen weiter zurück. Viel weiter. Als Sechsjähriger nahm ich all meinen Mut zusammen und ließ mich von meiner Mutter in eine Geisterbahn ziehen. Auch damals hatte ich keine

Ahnung, was mich erwartete. Wobei ich doch schon mal bei Fabienne war. Und Fabienne selbst sah ich doch erst vor kurzem auf der Straße. Und doch erinnerte mich die Atmosphäre hier an diesen Geisterbahn-Moment. Meine Mutter zog mich in die Bahn und ich suchte Schutz bei ihr. Doch hier, an diesem Abend, war meine Mutter nicht (mehr) da. Dafür stand Jenny neben mir. Jetzt zog *sie* mich rein. Und statt Schutz drückte Jenny Mut und Freude aus. Ich zog meine Schuhe aus und fragte nach den blauen Überziehern, die mir Fabienne an dem Freitag, als ich bei ihr war, in die Hand drückte. Das wäre nötig, um den Marmor zu schützen, erzählte sie damals.

»Was? Blaue Überzieher?« Jenny fiel es sichtlich schwer, nicht loszuprusten.

»Man, nicht das, was du meinst. Du bist voll versaut, weißt du das?«

»Wieso ich? Ich habe nicht nach Kondomen gefragt!«

»Ich meinte keine Kondome. Egal!«

Gemeinsam schlichen wir auf leisen Sohlen Richtung Küche. Das Geisterbahngefühl war jetzt so stark, ich traute mich kaum über die Türschwelle. Aber jetzt zu kneifen? Das ging einfach nicht. Ich schluckte und presste die Lippen zusammen. Zum Glück verzichtete Jenny in diesem Moment darauf, meine Hand zu nehmen, denn meine Hände waren schweißnass. In der Küche sah ich Fabienne. Oder was von ihr übrig war. Am Kopfende saß ein Mann mit Brille. Immerhin mal einer, der im Gesicht so wenig Haare hatte wie auf seinem kahlen Schädel. Wobei seine Hautfarbe an einen Geist erinnerte. Die runde Brille ließ ihn so gelehrt aussehen, er hätte als Opa durchgehen können. Der Mann erhob sich schwerfällig und begrüßte uns, wie man meine Mutter früher begrüßte, wenn sie einen Termin bei der

Sparkasse hatte. Wir setzten uns und Fabienne gab wieder eine Mischung aus Grunzen und Röcheln von sich. *Grchracharrch, grchracharrch.* Dabei starrte sie zwar in unsere Richtung, aber das war eher zufällig, denn ihr Blick war so leer wie das Glas, welches vor mir stand.

»Möchtet ihr etwas trinken?«, fragte die Mutter.

»Gerne«, antworteten wir im Chor.

Kurz darauf standen zwei Gläser vor uns, die zur Hälfte mit Wasser gefüllt waren.

»Fabienne ist noch im Wachkoma. Die Ärzte wollten sie gerne im Krankenhaus behalten, aber die Chancen, dass sie wieder aufwacht, liegen höher, wenn sie sich in einer Umgebung aufhält, an die sie sich erinnert. Und an euch wird sie sich gut erinnern können. Auch wenn man es nicht gleich erkennt.« Wieder ertönte ein *Grchracharrch, grchracharrch.*

Ich lächelte. Nicht wegen Fabienne, wegen Jenny. Die fragte Fabienne, ob sie auch ein Wasser wollte. Und wieder ertönte *Grchracharrch, grchracharrch.*

Vor dem Besuch hatte ich große Angst, hier zu sitzen und nicht zu wissen, was ich sagen sollte. Ich hatte Angst vor dieser Geisterbahnatmosphäre. Aber meine Angst plante Jenny nicht mit ein. Jenny tat das, was sie am besten konnte. Sie redete. Mit Fabienne. Die ganze Zeit. Fabiennes Eltern lächelten manchmal und ich lauschte der Stimme von Jenny. Sie erzählte von der Schule, was wir gerade in Mathe und Englisch durchnahmen und welches Lied wir in Musik einstudierten. Es war ein Lied, welches wir nicht nur sangen. Wir analysierten es Zeile für Zeile. Es war ein Lied, das ich in Berlin zum ersten Mal hörte.

Obwohl es wohl ziemlich bekannt war. Dann begann Jenny zu singen:

Über sieben Brücken musst du gehen,
sieben dunkle Jahre überstehen.
Sieben Mal wirst du die Asche sein,
aber einmal auch der helle Schein.

Ich musste daran denken, wie es Fabienne wohl in sieben Jahren erging. In sieben Jahren wäre sie volljährig. Vielleicht war das der Umstand, dass ihre Mutter mit den Händen vor den Augen das Zimmer verließ. Doch bei ihrer Flucht in die Küche unterlief ihr das gleiche Missgeschick, der mir auch schon oft passierte. Eine Flucht vor Jenny war unmöglich.

Jenny trottete, nachdem sie das Lied zu Ende sang, unbefangen der Mutter hinterher. Keine vier Minuten später kamen beide zurück. Beide lächelten und Jenny hielt einen Zeichenblock unter dem Arm. Den legte sie auf den Tisch und ließ die Miene des Bleistifts über das weiße Blatt gleiten. Es entstand das schönste Bild, das ich jemals zu Gesicht bekam. Es war ein lachendes Mädchen im Rollstuhl. Im Hintergrund erkannte ich einen Jungen, der mir ähnelte, und ein weiteres Mädchen. Jenny.

Ein weiteres Jugendbuch des Autors:

Jule wird vom Pech verfolgt! Ihre beste Freundin lässt sie sitzen, dann muss sie mit Friedemann, der unsterblich in sie verliebt ist, Linus, der nur zwei Wörter spricht und ihrem Biologielehrer eine Woche durch die Pampa wandern. Anmachsprüche, Blähungen und ein streitlustiger Lehrer lassen Jule verzweifeln. Doch aufgeben ist keine Option, da ist nämlich noch ihr Vater ...

Alles Gut. Ein Jugendroman, der die Frage stellt, ob und wann über einen Menschen geurteilt werden darf.

Wenn man Gerüchte über ihn hört?
Wenn man ihn aus der Schule kennt?
Wenn man mit ihm eine Woche lang von Berlin an die Ostsee laufen muss?